BRIVIDI

ELISA DE MARCO
CREATRICE DEL CANALE YOUTUBE
ELISA TRUE CRIME

BRIVIDI
Storie che non vi faranno
dormire la notte

MONDADORI

*A chi non mi ha mai lasciato la mano
e mi ha amata per quello che sono,
accettando di me ogni sfaccettatura.*

1

YOO YOUNG-CHUL.
IL KILLER
DALL'IMPERMEABILE GIALLO

Come pesci nell'acquario

I pesci lo guardano, muti.

La sua ombra si proietta sull'acquario calmo e azzurro, come una piccola porzione di mare, nel salotto immerso nel silenzio assoluto. Solo le gocce di sangue che colano dal martello al pavimento interrompono quel vuoto, con il loro ritmo dolce e regolare.

Yoo Young-Chul resta fermo a ricambiare lo sguardo delle creature acquatiche e si perde nei loro occhi pallati. Sente che possono scavargli dentro, fino a comprendere cosa sta pensando, fino a notare in lui la totale assenza di senso di colpa.

Sposta un piede verso il bagno, allora. Dalla porta aperta, la donna anziana fa capolino, stesa a terra. In un flash ricorda i colpi alla testa con cui l'ha prima tramortita e poi uccisa. È a faccia in giù, dentro il lago di sangue che la racchiude in una irregolare cornice vermiglia.

Come in trance, Yoo sposta la testa in alto, in direzione delle scale. Lì i pezzi di cervello del ragazzo erano schizzati a terra e sulle pareti, librandosi nell'aria come coriandoli. Adesso, dopo il caos, un fiume rosso scorre sui gradini in dense cascate al rallentatore.

Prova finalmente a placare il suo respiro affannoso, piega il collo verso il basso, incrociando non più gli occhi dei pesci ma quelli ancora aperti della donna. Rotondi, anche quelli, ma senza vita. Il giudizio li ha abbandonati qualche minuto prima, mentre lui calava sulla vittima tutta la sua rabbia, tutta la sua frustrazione.

I pesci, boccheggiando, si raccolgono davanti al vetro, attirando di nuovo la sua attenzione. Allora Yoo Young-Chul capisce. Gli sembra tutto giusto. Più che giusto. In quella casa che ostenta ricchezza, dove i problemi rimanevano fuori dalla porta, tutti gli altri, quelli come lui, sono solo esseri in movimento, senza un volto, senza un nome. Sono lì solo per riempire, come soprammobili, solo per fare numero, mentre si agitano senza sosta in un mondo fatto d'acqua, uno stagno sporco e pesante, senza via d'uscita.

Con ogni probabilità Yoo si ritrova a sorridere. Ride davanti ai pesci, perché loro sono come lui. Animali inutili nelle mani dei ricchi, costretti a vivere in una scatola per sempre, senza uno scopo. Solo che lui, al contrario loro, l'ha capito e sta portando avanti la sua rivoluzione, un cranio alla volta.

Respira a fondo. Chiude gli occhi, si raccoglie, ebbro dei suoi pensieri. Si fa serio. È arrivato il momento di tornare sulla Terra, di cancellare tutte le prove del suo passaggio in quella casa. Con calma, si asciuga il sangue dalla faccia con la manica ed entra di nuovo nel bagno, un passo dopo l'altro.

9 ottobre 2003

La polizia di Seoul (Corea del sud), insieme alla scientifica, si raduna tutta sulla via nel quartiere di Gugi Dong. Quando i detective aprono la porta, percepiscono da subito nell'aria qualcosa di sinistro, un presagio di dolore e muta disperazione, che sembra già una promessa di morte.

Trovano prima il cadavere dell'anziana, riversa a faccia in giù sul pavimento del bagno, poi si dirigono verso la cucina e, davanti a un grande acquario, rinvengono il secondo cadavere, quello della donna più giovane. La scena è stata parzialmente ripulita, ma le macchie rosse su mattonelle e pareti restituiscono una descrizione sommaria di ciò che è successo in quella casa: una furia si è abbattuta sugli inquilini, una tempesta emotiva che li ha travolti e si è lasciata dietro solo la morte e la paura.

L'agente Kim Hee Sook della polizia scientifica metropolitana di Seoul, la prima agente donna del suo dipartimento, indugia prima di salire al piano di sopra. Le scale sono tutte coperte di sangue e, forse, l'assassino è ancora lì, nascosto, pronto a scattare e a uccidere anche lei.

In cima ai gradini, invece, trova il terzo cadavere,

quello del ragazzo. Il suo corpo è stato martoriato da numerosi colpi, sorpreso mentre tentava di scappare al piano terra.

Dell'assassino nessuna traccia.

La villa, nel ricco quartiere di Gugi Dong, appartiene a Ko Jung-Won, un imprenditore di successo. Al momento della strage era fuori per lavoro. La notizia dell'omicidio di sua madre, sua moglie e suo figlio lo ha distrutto. Eppure, le ricerche della polizia partono proprio da lui. In assenza di un sospettato, le forze dell'ordine hanno iniziato a raccogliere tutti gli indizi necessari, anche quelli più banali, per potersi muovere il prima possibile nella direzione giusta.

Ko Jung-Won diventa il sospettato numero uno. Ma quale può essere stato il suo movente? Ha dei nemici? Le ricerche portano tutte a un solo, grande buco nell'acqua.

La villa viene transennata. Nessuno può accedere alla scena del crimine, se non i detective e la scientifica di quel distretto. La raccolta delle prove richiede parecchio tempo, giorni che gli agenti impiegano a interrogarsi su quale sia il pezzo mancante del puzzle che non riescono a trovare. L'unico frutto della ricerca è una parziale impronta di scarpa, l'ennesimo vicolo cieco.

Una mattina, però, i detective notano delle strane presenze attorno alla casa: individui vestiti in borghese che sbirciano attraverso i nastri e le transenne. Non

sembrano solo dei cittadini curiosi o giornalisti a caccia di scoop. Quegli uomini sono lì per capire, come loro.
Sono detective del distretto di Gangnam.

Mesi prima della scoperta dei cadaveri a Gugi Dong, la polizia investigativa del distretto di Gangnam si era ritrovata tra le mani uno strano caso di omicidio.

Nel quartiere Sinsa Dong, una coppia di anziani era stata rinvenuta morta nella loro villa. I due coniugi benestanti erano stati colpiti al cranio e uccisi senza pietà.

I due casi, perciò, hanno più di un elemento in comune. Condividono non solo il target e il modus operandi del killer, ma anche l'attenzione che costui ha riservato agli oggetti di valore e ai contanti all'interno delle case: nessuna. Le proprietà delle vittime non sono state prese in considerazione. Le casseforti sono rimaste piene e i preziosi al loro posto. Apparentemente, l'interesse dell'assassino si è concentrato su un'unica cosa: prendersi la vita dei malcapitati, sfogando la sua folle rabbia contro quei corpi indifesi.

Inizia a serpeggiare nelle menti della polizia di entrambi i distretti il sospetto che quelle morti siano opera dello stesso killer.

Le due forze di polizia, perciò, iniziano a collaborare. Non è usuale che le squadre di distretti diversi uniscano le forze per trovare il colpevole. Il sistema di giustizia coreano, infatti, prevede promozioni o degradazioni in base al numero di casi risolti. È per questo che alcuni omicidi vengono resi noti solo quando il colpevole è già in manette. Collaborare è quindi l'unica strada possibile per evitare ripercussioni.

Un importante profiler coreano, Kwon Il Yong, inizia a tracciare un ipotetico profilo del killer, per tentare di gettare luce sui misteriosi omicidi. L'analisi comportamentale porta Yong a concentrarsi sulle vittime, tutte di estrazione sociale alta, benestanti e residenti in quartieri notoriamente ricchi. Un dato che sembra suggerire un movente: la vendetta.

Nei primi anni 2000, il governo della Corea del sud ha dovuto affrontare una grande crisi economica, che lo ha portato a richiedere un prestito al Fondo monetario internazionale di trenta miliardi di dollari. Una volta saldato il debito, però, la società si è divisa in due. I ricchi hanno continuato ad arricchirsi e i poveri a fare la fame. E l'indice di criminalità ha subito un'impennata. Uno spirito di rivalsa e di ribellione ha spinto uomini e donne a commettere furti e rapimenti per sbarcare il lunario o per protesta.

Il killer, con tutta probabilità, è uno di loro.

L'arma del delitto, invece, resta un mistero. Le ferite inferte alle vittime sembrano causate dallo stesso oggetto contundente, di cui non si riesce a capire la natura. La scientifica impiega molto del suo tempo in simulazioni con armi e oggetti di diverso genere, ma nessuno riesce a replicare gli stessi orribili effetti.

Una cosa è certa: statisticamente i delitti che si consumano con violenti colpi alla testa sono frutto di rabbia o rancore, vibrati dalla mano di un assassino in preda a forti emozioni. Questo dato conferma il lavoro del profiler e la ricerca, ancora una volta infruttuosa, si allarga a centri psichiatrici con pazienti schizofrenici. Tuttavia, nessuno degli esaminati sembra corrispondere al profilo dell'assassino.

16 ottobre 2003
Una donna anziana viene ritrovata morta nella sua abitazione nel quartiere di Sesame Dong. È stata trascinata in bagno, uccisa con violenti colpi alla testa e abbandonata in un lago di sangue.

La scientifica, questa volta, in assenza di indizi rilevanti all'interno della casa, inizia ad analizzarne il perimetro. Ed è proprio grazie a questa intuizione che, sull'unità esterna del sistema di condizionamento, viene trovata un'altra impronta parziale di scarpa.

I tre casi sono spaventosamente simili. Ancora una volta, gli oggetti di valore non sono stati toccati e la donna, come le altre vittime, è morta per gravi lesioni al cranio.

A fugare completamente gli ultimi dubbi è una scoperta decisiva: l'impronta di scarpa sul luogo del delitto combacia con quella trovata nella villa a Gugi Dong.

18 novembre 2003
A Hyehwa Dong una villa brucia tra le fiamme.

All'interno un uomo e la sua domestica vengono

ritrovati carbonizzati. Un neonato, superstite, viene portato d'urgenza in ospedale.

Il modus operandi è diverso rispetto ai crimini precedenti, tuttavia due dettagli portano i detective a una verità sconvolgente.

L'incendio ricorda loro un caso avvenuto poco tempo prima: l'omicidio di Ahn Jae-Seon che si era consumato a Wolmido. L'uomo era stato trovato completamente carbonizzato nel suo furgone, proprio come è successo alle vittime della villa.

Inoltre, nonostante le fiamme, a Hyehwa Dong la scientifica riesce a trovare un indizio cruciale. Un'altra impronta parziale di scarpa che combacia perfettamente con le precedenti.

La conclusione è soltanto una: la polizia di Seoul si trova davanti al primo caso di omicidi seriali della storia della Corea, ma non ha idea di come arrestare il responsabile.

Le ricerche a tappeto prevedono l'unione di tre distretti in un'unica unità investigativa. Vengono controllati i tabulati telefonici delle zone limitrofe alle scene del crimine, mentre le perquisizioni di massa gettano nel panico la popolazione, ancora ignara di ciò che la polizia va cercando.

Le impronte ritrovate sui luoghi dei delitti corrispondono a un preciso modello di calzature Buffalo e, nei giorni successivi, la concentrazione e la resistenza degli agenti verrà messa a dura prova.

Tutto, però, sembra inutile.

Fino al video.

Sulla strada della quarta scena del crimine c'è la sede di una società. Solo dopo l'ennesima ricerca sul campo, uno dei detective nota, al lato dell'edificio, un sistema di telecamere a circuito chiuso. Le lenti sono rivolte all'interno della proprietà, ma una riesce a inquadrare parte della strada. Il filmato del giorno dell'omicidio viene visionato dalla polizia. Dopo ore di nulla, un uomo entra nell'inquadratura, di spalle. È l'unico a passare di lì. Nessuno, tra i familiari delle vittime, lo riconosce, tuttavia notano un dettaglio inquietante. Gli indumenti che indossa sono una combinazione degli stessi spariti dalle ville, appartenuti ai defunti.

Non ci sono più dubbi: l'uomo del video è il serial killer che la polizia sta cercando. Purtroppo compare sempre di spalle; nessuna possibilità di risalire alla sua identità. L'unico modo per sperare di rintracciarlo è diffondere il video.

I rischi, però, sono molteplici. Diffondere il video significa rivelare ufficialmente ai media e alla popolazione l'esistenza di un serial killer, responsabile dei casi ancora irrisolti, gettando nel panico l'intera comunità e mettendo ancora più in cattiva luce l'operato della polizia. Inoltre, c'è il rischio – forse maggiore – di spaventare l'assassino, spingendolo ad agire diversamente o a non agire affatto.

Dopo una lunga discussione, i vertici della polizia

decidono di diffondere il video. La caccia all'uomo ha inizio.

Il risultato è scoraggiante: il rischio diventa realtà. Il killer, da quel momento, sparisce dai radar.

Ma, come i detective sanno, la pausa non durerà a lungo e il sangue tornerà presto a scorrere per le strade di Seoul.

Puzza di kimchi

La ragazza si riveste, nel buio della stanza.

Lui, appoggiato al cuscino, la osserva, rapito dalla sua silhouette. È giovane e bella, per essere una puttana. Ha trovato il numero del suo protettore e ha fissato l'incontro in un parco. È bassa, minuta, perfetta, ma non per il sesso, no: per quello che le accadrà dopo.

Il suo profumo gli ricorda quello della ex moglie, la stessa che, dopo quell'incidente con la ragazzina di quindici anni che gli era costato la galera, aveva chiesto e ottenuto il divorzio. Un'altra puttana, certo, come tutte le altre.

Quella che ha davanti adesso, invece, non parla, non lo rimprovera. In silenzio si dirige verso il bagno e lui la segue, silenzioso come un gatto. Quando lo nota, trasalisce: sul volto le si disegna un sorriso imbarazzato. Yoo ricambia, divertito, posando una mano sulla mensola sopra lo specchio. La stessa tensione sessuale che c'era stata qualche ora prima si ripresenta. Ma si tratta di qualcos'altro. Lui lo sa, lei no, e questo lo eccita più dei loro corpi intrecciati.

Il martello si abbatte sulla testa della ragazza in un battito di ciglia. Il sangue schizza sulle pareti del bagno e sul lavandino. Un altro colpo e un brivido attraversa la schiena nuda dell'uomo. A ogni rumore sordo, Yoo avverte qualcosa di inspiegabile, un terremoto interiore che lo fa vibrare. Un terremoto a cui sa dare un nome: è il suo senso di giustizia, di vendetta, quel senso di purificazione che, attraverso le sue mani, si ripercuote sulla vittima.

Poi raddrizza la schiena, con il respiro affannato. Chiude gli occhi e posa il martello a terra. Deve lasciare che quell'emozione indescrivibile lo attraversi da capo a piedi, per poi tornare in pieno possesso della ragione. Solo con la lucidità può eseguire quello che ha in mente. È così ogni volta, lo sa, il divertimento dura sempre troppo poco, mentre i doveri richiedono tempi lunghi e fatiche estenuanti.

Con movimenti lenti e precisi, recupera lo zaino e gli attrezzi. Torna nel bagno e si piega sulla ragazza, su quel volto rigido e rigato di sangue. Lo tiene tra le mani mentre incide il collo e separa la testa dal resto del corpo. Lega i capelli con un elastico e li usa come uno spago per appendere la testa al rullo della carta igienica e lasciare colare tutto il sangue. "È questo il posto di una puttana", pensa per l'ennesima volta.

Infila le altre parti del corpo in un sacco della spazzatura. Una per volta. Durante l'ultima incisione, il rumore dell'osso che si spezza viene sovrastato da un suono diverso. È il suo cellulare che squilla.

«Pronto?»

«Papà...» dice la voce all'altro capo del telefono.

Le sue mani tremano.

«È successo qualcosa?» domanda a suo figlio.

«No. Ma, papà...»

«Dimmi.»

La sua voce si rompe.

«Papà, hai ancora il raffreddore?»

Questo gli chiede, ma lui capisce: "Papà, non farlo". Non l'ha detto, ma lui l'ha sentito lo stesso.

Possibile che suo figlio abbia capito?

Parlano per un paio di minuti, poi lui butta giù.

Prende dalla cucina il kimchi stagionato. La puzza di cavolo è pungente e invasiva. Lo taglia a pezzi, come il cadavere, e lo butta nel sacco. Quando lo chiude, lo agita per mischiare il kimchi al sangue e ai pezzi di corpo.

Mezz'ora dopo il tassista ferma la vettura davanti a Yoo, invitandolo a salire. Gli lascia posare il sacco pesante sui sedili posteriori, a fianco a lui.

«Cos'è questa puzza?» gli chiede.

Yoo incrocia il suo sguardo nello specchietto retrovisore, senza dire una parola.

«Sembra kimchi» continua l'uomo.

«Mi madre ci va matta. A me fa vomitare.»

Stringe la bocca in un'espressione annoiata e l'auto parte verso il tempio di Bongwon. Il bosco lo aspetta.

La polizia continua le sue ricerche.
Nel periodo successivo alla diffusione del video, la scia di omicidi che porta la firma del serial killer si interrompe. Al contrario, nella parte sud-ovest di Seoul aumentano le morti violente di donne e ragazze.
Accoltellate e lasciate al loro destino, le vittime vengono colte di sorpresa. Il carnefice, subito dopo aver inferto loro il colpo fatale, fugge senza occultare il cadavere.
Il modus operandi pare completamente diverso, per questo in principio la polizia non attribuisce i casi all'omicida seriale che sta cercando.

Da sempre i femminicidi sono un tema delicato a Seoul, e in generale in Corea. In particolar modo quelli che riguardano le prostitute.
La prostituzione, seppur illegale, da anni ormai è un meccanismo perfetto. Grazie alla presenza dei protettori, alle donne che vendono il proprio corpo è garantita incolumità. Diverso, invece, è il sesso a pagamento che si consuma nei bar e nei locali di karaoke. Lì le donne sono esposte a ogni tipo di pericolo, ritrovandosi alla mercé dei clienti e delle loro più abiette intenzioni.
Con Kim Kang Ja, la prima capostazione di polizia donna, la situazione è cambiata. Sfidando le calunnie e le minacce di morte di colleghi corrotti e protettori, dà

un giro di vite significativo alla prostituzione clandestina. Ma il suo potere si ferma laddove la legge non riesce in nessun modo a penetrare, lasciando irrisolti numerosissimi casi di sparizioni e rapimenti di sex workers, anche minorenni. Come fantasmi della società, nessuno fa caso al loro destino. Spesso anche i protettori, per paura di uscire allo scoperto, non denunciano la scomparsa di una "dipendente".

A un certo punto, però, uno di loro decide di parlare e, contro ogni aspettativa, riapre il caso del serial killer.

15 luglio 2004

Un ex poliziotto, diventato protettore e informatore, riceve una telefonata da un cliente. In quel periodo aveva perso molte sex workers sotto la sua protezione, sempre in modi misteriosi. Dal cellulare nota qualcosa di strano: a chiamarlo è il numero di una delle sue ragazze, data per dispersa da tempo.

Alle due di notte, l'uomo chiama Yang Pil Joo, il più giovane della squadra mobile. Esposto il caso, i due organizzano una trappola. Fissano un incontro a Shin Chon e, una volta lì, aspettano la telefonata del cliente.

Il cellulare squilla.

L'uomo chiede di poter incontrare una ragazza e i due scelgono una delle dipendenti dell'informatore per fare da esca. La osservano da lontano, nel parco, per monitorare l'incontro. Subito dopo quella torna indietro.

«Mi ha rifiutata» dice.

«Perché?» le chiedono.

«Ha detto che sono troppo alta.»

La risposta li manda in confusione.

L'uomo chiama ancora. Vuole una ragazza bassa e minuta. Trovata la donna in grado di soddisfare le sue richieste, l'incontro avviene in un vicolo. La situazione si fa subito pericolosa e, allo squillo della giovane sul telefono del detective, la polizia interviene, catturando il misterioso cliente.

È agitato, furioso. Per ammanettarlo ci vogliono quattro agenti. Schiuma dalla bocca: ha ingoiato una miriade di annunci di ragazze che portava con sé. Voleva cancellare ogni prova contro di lui. Sbattuto a bordo di una volante, viene portato alla stazione di polizia.

Alle cinque di mattina, Kang Dae Won, il capitano dell'unità investigativa mobile, guarda il sospettato nella stanza degli interrogatori, attraverso il vetro oscurato.

Non gli sembra vero. Non riesce a spiegarsi come un uomo così giovane e di bell'aspetto possa essere il feroce killer che stanno cercando.

Dice di chiamarsi Yoo Young-Chul. Un'infanzia difficile, orfano di padre e divorziato. Tre incarcerazioni alle spalle: furto di denaro, molestie ai danni di una quindicenne e furto d'identità di un poliziotto, con cui riusciva a procurarsi il denaro per vivere. Continuava a esibire un falso distintivo in giro per la città, derubando i cittadini. Non uno stinco di santo, certo, ma non per questo un mostro omicida.

«Confesserò tutto a mia madre» dice.

I detective lo accontentano.

Quando la donna arriva alla centrale, trova il figlio in manette. Per lei non è una novità, ma nota nei suoi occhi una luce diversa, mai vista prima.

«Mamma,» sussurra Yoo «ho ucciso molta gente.»

La donna si sente male e sviene, cadendo scomposta sul pavimento. Viene portata subito in ospedale.

Gli agenti, stanchi della recita che l'uomo sta mettendo in scena, perdono la pazienza. Gli propongono di andare sulla prima scena del crimine per dimostrare di essere il colpevole. Yoo, che pare non vedere l'ora di dimostrare a tutti la sua superiorità, accetta senza opporre resistenza, quasi di buon grado.

Alle quattro del pomeriggio, gli agenti presenti scortano Yoo per le strade di Gugi Dong. Lui, ammanettato e legato con una corda, passeggia lungo la via della villa con l'acquario, dove si è consumato il primo delitto. Un cane gli si avvicina. Lui si china e lo accarezza, contento.

«Dicci dov'è la casa» ordina un agente, infastidito.

L'uomo li conduce alla villa, senza esitazioni. Una volta dentro inizia a descrivere dettagliatamente la scena, riportando particolari e spiegando tutto il suo operato, orgoglioso. Molto di ciò che dice, però, non corrisponde alla realtà. La posizione dei cadaveri, per esempio, non è quella che la scientifica ha registrato.

Kang Dae Won va su tutte le furie e lo strattona con violenza. «Sono io il capo qui!»

Tornano in centrale, ormai convinti che Yoo sia uno dei tanti mitomani, informato sui fatti tramite la stampa.

Di nuovo viene messo sotto torchio dai detective.

«Perché ci hai presi in giro?» urla Dae Won a un centimetro dal suo viso.

Di punto in bianco Yoo, come la madre, ribalta gli occhi e cade a terra in preda alle convulsioni. Poco dopo l'uomo perde conoscenza.

Quando torna in sé, viene fatto sedere a una scrivania, senza manette. Per quel giorno nessun'altra domanda, per non causargli un secondo attacco. Il detective capo della squadra mobile lascia la stanza degli interrogatori, sicuro che gli altri agenti lo terranno d'occhio. Ed è in quel momento che il vero piano di Yoo si compie.

Si alza in piedi, scalzo. Segue il detective capo fuori dalla stanza. Senza emettere un fiato, lo pedina per tutto il corridoio, evitando gli sguardi disattenti degli altri agenti. È scaltro, preciso, silenzioso come un'ombra. Poi, d'un tratto, imbocca le scale antincendio.

Tornato nella stanza, il detective non trova nessuno. Chiede ai suoi colleghi che fine abbia fatto il sospettato. Tutti fanno spallucce, agitati. La notizia arriva a Kang Dae Won. Il capitano allerta subito tutti gli agenti della stazione: Yoo Young-Chul è scappato.

Dae Won esce dalla porta principale mentre una pioggia fitta si abbatte su Seoul, rendendo tutto ancora più confuso. Disperato, si getta a terra con gli occhi rivolti al cielo, inzuppando la divisa sull'asfalto fradicio.

Yoo è scappato.

Lui e i suoi uomini sarebbero stati licenziati.

Il martello del diavolo

Il piede nudo sprofonda in una pozzanghera fredda.

La casa della madre e della sorella gli si para davanti, la visuale offuscata dal maltempo.

Sale di corsa. Prende lo zaino che i detective hanno visto nella registrazione della videosorveglianza, ci infila dentro il coltello e le forbici e lo butta, insieme alla vanga, in un grande sacco della spazzatura.

Esce di nuovo, sotto il temporale. La pioggia gli ha già inzuppato i vestiti. Lentamente trascina il sacco, lo solleva sulle braccia e lo getta nella pattumiera. Si pulisce le mani sulla giacca.

È di nuovo libero.

Non fosse stato così impegnato a capire come non farsi beccare, probabilmente ucciderebbe ancora. Ne ha voglia. Sente le mani tremare. Ha sete, sete del sangue di altri ricchi, di altre puttane. Vuole dar fuoco alla città, farla bruciare in un falò di vendetta e risentimento.

Ma piove.

Senza di lui non ci saranno altri omicidi. Senza di lui la città non capirà, senza paura nessuno può capire. Se lo arrestano, Seoul rimarrà senza il diavolo, in un paradiso di angeli fasulli dalle tonache insozzate.

Deve ancora punirli tutti. Deve scappare.

Guarda la strada su cui infierisce la pioggia. Calca il cappuccio sulla testa e si caccia le mani in tasca, a pugni chiusi.

Il diavolo deve nascondersi.

Almeno per questa notte, la città è salva.

Cento agenti fuori servizio pattugliano la città sotto la pioggia battente. Nel frattempo, sul tavolo di Lee Geon Seok, il procuratore di Seoul, arriva un documento inaspettato: una richiesta di rilascio.

La polizia della città ha forse commesso il più grande errore della storia del sistema di giustizia del paese. Si è lasciata scappare sotto il naso, e dalla sua custodia, il serial killer che da mesi seminava il panico nella metropoli, con più di venti omicidi. Per impedire che la notizia si diffonda e che tutta la squadra mobile venga licenziata, i detective pregano il procuratore di firmare il documento dove si dichiara che Yoo Young-Chul era soltanto uno dei tanti sospettati, arrestato per il reato di prostituzione. In questo modo, la sua fuga parrà sì uno sbaglio, ma non un errore madornale.

All'inizio, però, Lee Geon Seok si rifiuta di firmare e in questo modo riesce a scoprire la verità: il serial killer è di nuovo a piede libero per colpa di una fatale disattenzione. Fatti i suoi calcoli, capisce che la notizia potrebbe mettere in subbuglio l'intera popolazione. Perciò, confidando nella disperazione della polizia, firma comunque il documento, rischiando una futura accusa di falsificazione.

Dell'assassino, nel frattempo, nessuna traccia.
Gli agenti perlustrano l'intera città; uno spiegamento di forze ingente. Il capitano Kang Dae Won non vuole arrendersi. «È la nostra unica occasione» ripete ai suoi agenti.
A pareggiare la loro sfortuna è un'intuizione geniale del detective Kim Sang Joong. L'investigatore capisce che non ha senso passare al setaccio la città, sarebbe più utile anticipare la mossa successiva di Yoo. Basandosi sul suo recente modus operandi, Sang Joong decide di perlustrare il quartiere a luci rosse di Yeongdeungpo. Forse il killer sta cercando la sua prossima vittima.

I giorni passano, ma le ricerche non portano a nulla. Poi, durante una perlustrazione, l'attenzione di un agente viene catturata da un uomo che attraversa la strada. Cammina lentamente e sembra impegnato a sfregarsi un uovo sul volto per ridurre il gonfiore a uno zigomo. È l'ematoma che Yoo si è procurato cadendo a terra dopo il finto attacco epilettico.

L'intera squadra mobile si precipita sul posto. Lo placcano. Ancora una volta, ci vuole la forza di più agenti per trattenere la sua furia.

«Ve la farete addosso quando scoprirete con chi avete a che fare» minaccia Yoo Young-Chul prima di finire di nuovo in manette.

Questa volta viene trasferito alla centrale, dove viene sottoposto a un estenuante interrogatorio, sempre sorvegliato a vista da un gruppo di poliziotti armati.

L'agente della scientifica Kim Hee Sook tenta di estorcergli i veri particolari delle scene del crimine, ma Yoo si rifiuta di parlare con una donna.

Dopo qualche ora, chiede di avere un foglio e una penna. «Vi faccio vedere» dice.

L'uomo disegna le piantine delle ville, la posizione di tutti gli oggetti e quella dei cadaveri. E questa volta tutto coincide. Yoo Young-Chul è il serial killer che stanno cercando.

In una confessione fiume, Yoo racconta tutto: il suo risentimento, il bullismo subito da piccolo dai compagni più ricchi. Racconta della morte prematura del padre e della figura assente della madre. Sputa sentenze sulla ex moglie, sulle donne e sul loro comportamento lascivo, sulla corruzione della città che le ha rese l'incarnazione del peccato. Infine, confessa tutti gli omicidi delle prostitute.

«Dove sono i corpi?» gli chiedono.

«Nel bosco.»

«Quale bosco?»

«Il bosco dietro il tempio di Bongwon.»

Al comandante, però, non basta una confessione. Per incastrarlo ha bisogno di prove.

La squadra si reca sul posto con il sospettato. Gli agenti parcheggiano le auto, in attesa dei colleghi della scientifica. Il capo della squadra mobile, da dietro il lunotto dei sedili posteriori, vede una gru di ferro nel cielo. Lì sopra, un cameraman riprende la scena dall'alto. Allora l'agente prende dallo zaino un berretto, una mascherina e un impermeabile giallo e li passa a Yoo.

«Mettiti questi» gli dice. «C'è la stampa.»

Yoo stringe l'impermeabile giallo tra le mani, poi guarda fuori dal finestrino, tra gli alberi del bosco, prima di indossarlo e uscire.

Gli agenti della mobile e della scientifica seguono Yoo tra gli alberi. Camminano dietro a quella macchia gialla, che si muove a suo agio nella boscaglia sferzata dalla pioggia.

Il killer punta un dito a terra, dove c'è un tappo di plastica.

«Cosa c'è?» gli chiedono.

«Una è qui» dice.

«E le altre?»

«Qui vicino. Sono tutte qui. Le ho segnate.»

Si comincia a scavare. Il terreno è così viscido che i poliziotti sono costretti a usare le mani. Trovano il primo sacco. Dentro rinvengono un osso. La carne in putrefazione è ancora attaccata. Il fetore passa attraverso le mascherine. Più tardi, anche i vestiti e i documenti della polizia saranno impregnati di quell'odore di morte.

Il cielo è squarciato dai fulmini.

«Vedi questo temporale, questa pioggia?» chiede Yang Pil Joo a Yoo. «Sono il lamento e le lacrime di tutte le ragazze che hai ucciso.»

Nel bosco, un giornalista riesce ad avvicinarsi a Yoo. Gli punta il microfono addosso e gli fa la domanda più banale e più significativa di tutte.

«Perché l'hai fatto?»

Yoo resta in silenzio. Calmo, come sempre, si sistema il cappuccio dell'impermeabile giallo e, dietro la mascherina, parla.

«Mi auguro che questo serva da lezione alle donne e che insegni loro a non comportarsi da puttane.»

Il giornalista resta pietrificato.

«Spero... spero che serva da lezione anche ai ricchi.»

Un'altra squadra perlustra l'appartamento di Yoo. Gli agenti lo trovano immacolato. La scientifica spegne le luci e spruzza il luminol, il composto che reagisce alla presenza del sangue, accendendosi di blu.

Come un'aurora boreale, gli schizzi di sangue compaiono sulle pareti. Schizzi e macchie di un blu fosforescente illuminano l'appartamento, rivelando il segreto nascosto dell'assassino. Nella sua stanza viene rinvenuta l'arma dei delitti, la cui identificazione tanto aveva impegnato la scientifica: una mazza da fabbro, modificata. Il manico è stato accorciato, fino a farlo diventare un martello, più maneggevole e capace di inferire colpi più pesanti. Ripulirlo non è servito: grattando la sua superficie, la scientifica individua tracce del DNA di Yoo.

Il ritrovamento più inquietante, però, è l'album da disegno. Yoo era stato rifiutato da una scuola d'arte, ma non aveva mai smesso di disegnare. Contiene schizzi e tavole che dimostrano il suo grande talento. Il disegno, per lui, è un'occasione di evasione, il suo primo modo di sfogare tutta la sua rabbia repressa. Una vignetta, in particolare, colpisce l'attenzione della polizia. Il killer ha ritratto se stesso in una caricatura da fumetto. Sorridente e ben vestito, è a braccetto con una creatura: un diavolo dai denti aguzzi, che stringe in mano un forcone.

Yoo ha riassunto la sua essenza: un uomo comune, quasi felice, tormentato da un mostro che lo spinge a commettere terribili omicidi.

I cadaveri sembrano non finire più.

La putrefazione li rende irriconoscibili. I tessuti sono troppo rovinati e impregnati dai liquidi marcescenti: nemmeno le impronte digitali possono aiutare.

Kim Hee Sook, della scientifica, non si arrende: si sente moralmente obbligata a restituire il nome a ciascuna di quelle ragazze. Lo deve alle loro famiglie.

Compie più di centosessanta tentativi, finché non riesce a identificarle tutte.

Nel silenzio del suo laboratorio, lo racconta ancora oggi, pregava quei cadaveri di collaborare, di permetterle di sdebitarsi con i loro parenti.

Yoo Young-Chul verrà condannato per i ventisei omicidi confessati. Sarà sollevato, invece, da quelli delle donne uccise per strada nella zona sud-ovest di Seoul.

Sarà ritenuto responsabile anche dell'omicidio di Ahn Jae-Seon, l'uomo trovato carbonizzato nel suo furgone a Wolmido. La vittima aveva riconosciuto il distintivo falso e Yoo se n'era sbarazzato come meglio aveva potuto.

Condannato alla pena capitale, ancora oggi Yoo Young-Chul, il killer dall'impermeabile giallo, è prigioniero nel braccio della morte.

2

SKÓRA.
IL MISTERIOSO CASO
DI KATARZYNA ZOWADA

Il gilet

L'elica lo tormenta da tutta la notte.
I sogni sono sempre gli stessi e finiscono sempre allo stesso modo: lui sulla barca, con il suo equipaggio che tenta di sbrogliare il groviglio che ha bloccato l'elica del motore e li ha fatti accostare alla riva la notte prima. Uno di loro, poi, lo chiama e gli mostra che cosa hanno trovato. Si avvicina, sempre di più, fino a scorgere qualcosa sul fondo metallico del rimorchiatore. Prova a mettere a fuoco, ma un urlo in lontananza lo distrae.
Dopo, più nulla. Il sogno si interrompe.
All'ennesimo risveglio, imprecando tra i denti, decide di lasciare il letto e fare colazione. La sua mente continua ad arrovellarsi, mentre osserva i vetri appannati dal freddo. Eppure lo sa, a gennaio la Vistola si riempie sempre di rifiuti e rami secchi che si uniscono in masse viscide e informi. Se becchi uno di quegli isolotti schifosi

lungo il fiume, immancabilmente qualcosa finisce tra le pale e la barca va in avaria. Tutto normale, rottura di scatole a parte. Eppure il capitano non ha dormito. "Mieczyslaw", si ripete nella stanza illuminata solo dalle prime luci dell'alba "i sogni non vogliono dire niente."

Avvolto nella sciarpa pesante, raggiunge la riva dov'è legato il rimorchiatore. Dice ai suoi uomini di mettere a posto il motore e lo fa fingendo totale indifferenza, mentre la sigaretta che ha tra le labbra trema impercettibilmente sopra la fiamma dell'accendino.

Non ci vuole molto perché lo chiamino. Mieczyslaw raggiunge gli altri, raccolti in cerchio attorno a ciò che sono riusciti a tirare via dall'elica. Il suo cuore perde un battito.

«Allora? Che roba è?» chiede avvicinandosi.

«Non è un ramo, questo è sicuro» gli dice uno dei suoi.

Il capitano lo rimprovera con lo sguardo, poi si fa spazio.

Sul pavimento metallico, così come lo ha sognato, c'è uno strano oggetto. Pare un vestito di cuoio marcio invaso dalle alghe e sfibrato dalle correnti.

«Sembra...» dice un altro lasciando la frase in sospeso.

Mieczyslaw si china piegando le ginocchia. La lamiera scricchiola sotto il suo peso. Da vicino l'indumento pare avere un taglio particolare. Non ha le maniche e il collo è piuttosto lungo.

«... sembra un gilet, no?» continua l'altro.

Il silenzio di quella mattina è smorzato solo dal rumore del vento che fischia nelle orecchie di tutti, proprio come un grido lontano. Il capitano calza meglio i guanti e sbuffa via una nuvola di fumo che si disperde all'istante. Prende con indice e pollice due lembi di quell'indumento dai bordi netti e biancastri e se lo porta davanti agli occhi. Da vicino puzza di fiume, di piante morte e di qualcos'altro. Un odore pungente, che non riesce a ricondurre a niente.

«Un gilet» ripete a bassa voce.

Il suo sguardo corre lungo il taglio vivo dei contorni. Indugia sul collo, che sale fino a un'escrescenza raggrinzita. Avvicina ancora di più ciò che ha tra le mani e alza le sopracciglia.

«Porca...» esclama lasciando cadere il gilet, che si schianta a terra facendo il rumore di un accappatoio bagnato. Gli uomini indietreggiano insieme a lui, spaventati e increduli.

Mieczyslaw l'ha riconosciuto. Sul collo c'è un orecchio.

«Chiamate la polizia» dice soltanto. E quelle parole risuonano per un attimo sulla riva deserta della Vistola, spazzate via dal vento.

6 gennaio 1999

La polizia di Cracovia, all'alba, riceve la chiamata del capitano Mieczyslaw. L'uomo, insieme al suo equipaggio, ha trovato un gilet di pelle umana al quale è rimasto attaccato un orecchio con un piercing.

Non si tratta di un cadavere, ma solo della pelle di un torso femminile, consumata dalle acque del fiume Vistola.

Iniziano subito le indagini.

I detective sospettano che la pelle si sia staccata dal cadavere, completamente putrefatto dall'acqua e rimasto impigliato nelle eliche del motore della barca. I sommozzatori iniziano a ispezionare il fiume, ma trovano soltanto altri brandelli di pelle e una gamba, tagliata appena sopra il ginocchio. Per risalire all'identità dei resti si ricorre, per la prima volta in Polonia, al test del DNA.

I risultati conducono tutti a Katarzyna Zowada, una ragazza di vent'anni scomparsa due mesi prima. La polizia dà al caso il nome in codice "Skóra", che traduce in parole l'unico indizio che hanno: la pelle.

La madre della ragazza è sconvolta, come tutta Cracovia. La notizia, che sembra uscita direttamente da *Il silenzio degli innocenti*, diventa di dominio pubblico e persino agli studenti viene consigliato di non girare da soli di notte. Nessuno si sente più al sicuro.

Le forze dell'ordine non hanno mai visto niente del genere e, per risolvere il caso e trovare il colpevole, richiedono l'aiuto di profiler e psicologi forensi da tutta Europa.

Si parte con l'analisi del gilet di pelle. Chi ha rimosso la cute di Katarzyna è di certo un esperto: l'ha tagliata con cura millimetrica, per poi ricucirla come se fosse una muta. La testa, le braccia, l'altra gamba e il resto del corpo, però, mancano all'appello. Per qualche oscura ragione, l'assassino ha rimosso anche i capezzoli. Il particolare più disgustoso è il buco lasciato sul fianco, che fa pensare subito alla reale intenzione del killer di voler indossare la sua macabra creazione.

I resti sono stati buttati in acqua due o tre settimane prima del loro ritrovamento. Inoltre i fori rinvenuti sotto un'ascella e nell'interno coscia danno modo di credere che siano stati fatti per drenare tutto il sangue. Quindi, con ogni probabilità, Katarzyna è morta dissanguata e, ancora peggio, è stata scuoiata viva.

L'asportazione dei capezzoli dà modo agli psicologi forensi di intuire che il killer è un uomo con problemi legati al sesso e all'identità di genere e che ha voluto realizzare la perversa fantasia di vestire i "panni" di una donna. Ciò che resta avvolto nel mistero è, però, il vero motivo che l'ha spinto a scegliere proprio Katarzyna.

I profiler sono tutti concordi sul fatto che l'assassino potrebbe essere un uomo tra i venti e i trent'anni, gravemente disturbato, uno psicopatico sadico con una personalità narcisista e un'intelligenza sopra la media. Quasi sicuramente lavora come chirurgo, macellaio, veterinario o sarto e ha una passione per la caccia e la pesca.

Gli psicologi, dalla loro, ritengono molto probabile che il responsabile abbia seguito per un po' la vittima prima di sceglierla, per capire se la pelle avrebbe fatto al caso suo. Questo porta a credere che l'assassino sia alto grosso modo come la ragazza, ovvero attorno al metro e settanta. Dopo averla adescata, deve aver cercato di guadagnarsi la sua fiducia instaurando una relazione basata sugli interessi in comune, come la musica, il cinema e i libri. Gli esperti ritengono di avere a che fare con un asociale, con le sue esagerate parafilie e il desiderio di essere donna.

Il brutale omicidio porta a credere che si tratti di una vendetta personale, non tanto per la rabbia provata nei confronti della vittima, quanto per il sentimento di odio verso se stesso che divora l'assassino da dentro e per una sorta di invidia verso le donne, che rappresentano tutto ciò che il killer vorrebbe essere ma non è.

Il quadro generale esclude che l'uomo abbia avuto una relazione sessuale con Katarzyna. Il crimine viene infatti definito dagli esperti "omicidio equivalente", in cui si sostituisce l'atto sessuale con la tortura e l'assassinio. Uccidere e infliggere dolore alla malcapitata soddisfa il killer tanto quanto un orgasmo, in un'esplosione di puro sadismo.

Il vero problema, quando ci si trova davanti a questo profilo, è che un criminale del genere è recidivo. L'esperto in devianza sessuale, il dottor Wieslaw Czernikiewicz, dichiara:

«La perversione è caratterizzata da periodi di maggior pressione dell'impulso perverso. Questo può ripresentarsi una volta al mese, all'anno o più. Se quest'uomo è ancora vivo, è prospettabile che qualcosa di simile accadrà di nuovo».

Tutto quello che si può dedurre invece dai dettagli del rinvenimento è senz'altro la chiara ispirazione al film *Il silenzio degli innocenti*. Nella pellicola, il killer Buffalo Bill rapisce le donne e le lascia senza mangiare per giorni, fino a far diventare la loro pelle flaccida e cadente, pronta per essere rimossa e indossata. Il personaggio del film è a sua volta ispirato a un vero serial killer di nome Ed Gein, anche lui fissato con la rimozione della cute dalle sue vittime, che poi utilizzava per cucire oggetti quali maschere, cinture e lampade. La vittima dell'opera, inoltre, si chiama Kate, un nome molto simile a Katarzyna, e la pelle immortalata dalla cinepresa è del tutto identica a quella rinvenuta dal capitano Mieczyslaw.

A questo elenco va aggiunto che, pochi giorni prima della sparizione della ragazza, un magazine polacco ha pubblicato un articolo monografico su San Bartolomeo. Il santo, durante la persecuzione dei cristiani, fu scorticato vivo e decapitato. Nel *Giudizio universale*, infatti, Michelangelo lo ritrae proprio con la sua pelle in mano. Il fatto che Katarzyna studiasse Scienze religiose è quindi un dettaglio da non sottovalutare.

La polizia decide di concentrarsi sul recente passato della vittima, sperando in qualche collegamento che possa dare una svolta al caso.

La vita di Katarzyna, Kasia per amici e familiari, è segnata da un tragico evento: nel gennaio del 1996, quando lei ha vent'anni, suo padre resta vittima di un grave incidente durante un'escursione in montagna. La morte del genitore la traumatizza apunto da farla cadere in una forte depressione.

Vive con la madre Marta a Nota Hula, in Polonia. Qui, seguendo le sue orme, decide di iscriversi a un corso di Psicologia presso l'università Jagellonica, a Cracovia. Cambia poi indirizzo, scegliendo prima Storia e in seguito Scienze religiose.

A ventitré anni, Kasia è timida e riservata, ha pochi amici e una smodata passione per i libri, il cinema e la musica. La sua vita sociale non è delle migliori e la ragazza tende a chiudersi in mondi di finzione per evadere da una realtà troppo dolorosa. La madre, infatti, vista la sua tendenza a cadere in gravi episodi depressivi, le consiglia di affidarsi a uno psicologo e lei, come sempre, accetta di seguire il suo consiglio.

La terapia sembra fare miracoli. Katarzyna si presenta puntuale a tutte le sedute ed è la prima a notare il miglioramento del suo stato d'animo. Il 12 novembre 1999, però, Kasia salta la seduta e sua madre cerca invano di contattarla.

Subito Marta si rivolge a un monastero domenicano famoso per accogliere i giovani in difficoltà, compresi quelli che cercano di uscire dal controllo di sette esoteriche, molto diffuse nella Polonia di quel periodo. La paura della donna, infatti, è che lo stato emotivo della figlia l'abbia spinta ad affiliarsi a qualche gruppo di adoratori di Satana. I monaci, non avendo notizie della giovane, consigliano a Marta di contattare la polizia.

La donna denuncia la scomparsa di Kasia, ma al caso viene riservata poca attenzione; data la maggiore età di Katarzyna, infatti, gli agenti ritengono che possa aver fatto perdere le sue tracce volontariamente, per un breve periodo di tempo.

Tuttavia, la madre non crede a questa versione e ingaggia un investigatore privato, che ben presto si trova in un vicolo cieco. Si fa strada, così, l'idea che Kasia si sia tolta la vita come estremo gesto dopo un lungo periodo di depressione. Ma anche questa ipotesi non convince Marta, che era al corrente dei progressi della salute mentale della figlia.

Iniziano le ricerche da parte della polizia, durante le quali Marta riceve due chiamate misteriose da parte di un uomo che dichiara di avere informazioni su Kasia. Le chiede di incontrarlo in una piazza di Cracovia, ma la donna, sotto consiglio dell'investigatore privato, rifiuta, sottraendosi a una situazione poco chiara e potenzialmente pericolosa.

Quando la polizia riceve la chiamata del capitano Mieczyslaw e del suo equipaggio la ricerca di Katarzyna si interrompe.

I detective, ricostruito il passato della vittima, interrogano i suoi pochi amici, i quali non risultano essere di grande aiuto. Le informazioni sulla ragazza sono minime. Di lei si sa poco, a parte le sue passioni e i cambiamenti fisici degli ultimi mesi: era dimagrita e si era tinta i capelli di biondo scuro.

Questi piccoli indizi portano a formulare la teoria

secondo cui Kasia avrebbe conosciuto qualcuno, con cui avrebbe iniziato un'ambigua relazione nella quale la ragazza era di sicuro l'anello debole. È molto probabile che il killer abbia esercitato la sua influenza sulla vittima, manipolandola, e l'abbia costretta a perdere peso, secondo il modus operandi del suo "punto di riferimento", come abbiamo già detto, Buffalo Bill nel film *Il silenzio degli innocenti*.

Si cominciano a scandagliare i crimini polacchi meno recenti, provando a individuare la somiglianza con il modus operandi dell'assassino di Kasia.

Dieci anni prima, nel 1985, un uomo di quarantotto anni aveva ucciso la moglie e il figlio adolescente, poi aveva cavato loro i bulbi oculari e li aveva aperti in due. Successivamente li aveva smembrati e aveva gettato i resti nel fiume Vistola, proprio dove è stato rinvenuto il corpo di Katarzyna.

Le autorità scoprono che l'uomo, durante il periodo della sparizione e della morte della ragazza, era in libertà dopo aver scontato la pena. Finalmente hanno una pista.

La polizia rintraccia il sospettato e si precipita all'indirizzo della sua ultima residenza. Quello che gli agenti trovano, però, è inaspettato: l'uomo è sulla sedia a rotelle e quasi completamente incapace di intendere e di volere.

Ancora una volta le autorità si ritrovano al punto di partenza, con il rischio di lasciare irrisolto il caso di Katarzyna Zowada.

Fiori tutti i giorni

Il sole è sparito dietro l'orizzonte, lasciando solo qualche taglio rosso nel cielo.

La donna dà l'ultimo saluto e sistema per l'ennesima volta i fiori, asciugandosi gli occhi dalle lacrime che non ce la fanno più a cadere. Si incammina lentamente verso il cancello del cimitero e passa dietro al grande albero che ora non proietta più nessuna ombra sull'erba umida e scura.

Di riflesso, come è abituata a fare negli ultimi mesi, si volta verso l'altra lapide, quella più a nord, tra due molto più segnate dal tempo. Lui oggi non c'è. Stupita, guarda l'orologio. Mancano pochi minuti alle venti. È ancora presto.

L'uomo basso e tarchiato è molto preciso. Ogni giorno l'ha visto arrivare, spaccando il minuto, per poi piantarsi per mezz'ora davanti alla stessa lapide.

Un mazzo di fiori sempre diverso tra le mani, a volte una lettera.

Un vedovo? Un padre? Non si è ancora data una risposta. Poi, mentre pensa a quanto anche la sofferenza sia puntuale, compresa la sua, lo vede.

Ciondola nel buio, pesante, prendendosi tutto il tempo del mondo. Un ultimo riflesso di luce lo rivela. Ha pochi capelli, quasi completamente rasati, e un viso tondo, un'espressione vuota. Le dà le spalle e si volta verso la lapide. Si inginocchia e fa spazio al nuovo mazzo di fiori. Lo sistema con gesti automatici, mani ferme e decise. Si tira su.

Come ogni giorno, resta fermo a contemplare la foto incorniciata. Non lo ha mai visto versare una lacrima. Di tanto in tanto unisce le mani, con le dita intrecciate in una muta preghiera, ma niente di più.

La donna resta nascosta dietro il tronco, affascinata dalla dedizione, dall'immobilità. È un appuntamento fisso per lei, anche se non si sono mai incrociati.

L'orologio segna le venti e trenta.

L'uomo guarda le lancette e scioglie le dita intrecciate. Si passa una mano sul viso, veloce, come provando a tornare indietro da una trance. Si guarda attorno, poi fissa ancora per qualche secondo la lapide e va via sconsolato, verso i cancelli del cimitero.

Lei questa volta aspetta. Solo quando non sente più altri passi sull'erba muove i suoi verso quella lapide. La curiosità la fa sentire in colpa, ma non riesce a controllarla.

Si accuccia sui fiori dal profumo fresco e delicato.

Inforca gli occhiali, ma non basta. È troppo buio per leggere o vedere qualcosa. Così pesca nella tasca l'accendino e lo fa scattare con il pollice. La fiamma gialla proietta una luce fievole sulla lapide. Il colore dei fiori è ancora più intenso.

"Katarzyna Zowada" legge a grandi lettere. Nella cornice scorge il viso di una ragazza dai capelli castani, il naso a patata, la bocca piccola e gli occhi tristi.

Dove l'ha già vista?

La risposta non arriva subito. Prova a combinare quel viso con conoscenti o estranei incontrati per strada e nei negozi, ma niente. Alla fine, prima di riuscire a capire il perché, nella sua testa si proietta l'immagine di un giornale. Un articolo che l'aveva colpita. L'orrore guida il flusso dei pensieri e la porta dritta a destinazione, a quella foto in bianco e nero di quella ragazza, vista tanti anni prima sul giornale e in televisione. Non era un'attrice, no. Era una ragazza scomparsa. Uccisa. Sì, in uno strano modo.

La pelle.

Il ricordo dell'immagine sgranata del gilet sul pavimento metallico del rimorchiatore le provoca quasi un dolore fisico. Adesso rammenta. Katarzyna Zowada, la ragazza scuoiata viva da un misterioso serial killer.

Di colpo si gira verso i cancelli. Una paura folle l'assale. Per la prima volta, in tutto quel tempo, si rende conto di essere sola, di sera, in un cimitero deserto.

All'improvviso la fiamma dell'accendino si spegne per colpa di un leggero alito di vento e la lascia al buio.

Giugno 1999

Cinque mesi dopo il ritrovamento dei resti di Katarzyna Zowada, la polizia riceve la telefonata di un uomo. Egli dichiara di aver trovato un corpo nel suo seminterrato e presume che il responsabile possa essere suo nipote.

Gli agenti si recano subito sul luogo del delitto e si trovano davanti a una scena disgustosa. Il cadavere è quello del figlio cinquantenne dell'uomo che li ha chiamati. Il nipote ha ucciso suo padre, decapitandolo e rimuovendone lo scalpo. Non contento del suo operato, ha amputato anche gli arti e ha rimosso la pelle della faccia, indossandola come una maschera. Divertito, si è presentato al nonno con addosso i connotati del padre e ha finto di essere lui, per poi andare via. Il vecchio, ipovedente, non ha ben capito cosa stesse succedendo e, trovato il cadavere del figlio, ha subito chiamato la polizia.

Il ragazzo con la maschera di pelle umana si chiama Vladimir.

La somiglianza con il caso di Katarzyna spinge la polizia a condurre indagini incrociate, provando a evidenziare i punti in comune con l'omicidio avvenuto cinque mesi prima. Dalle ricerche emerge che Vladimir ha frequentato la stessa università di Kasia, ma in periodi diversi. Questo dettaglio, oltre al modus operandi, è l'unico a collegare i due eventi. Vladimir, arrestato e condannato all'ergastolo, dichiara di aver ucciso suo padre per vendetta, dopo che il genitore aveva abbandonato la madre.

Brancolando ancora una volta nel buio, i detective polacchi ipotizzano che Vladimir abbia scuoiato Katarzyna per fare pratica, prima di uccidere il padre. Ma non ci sono prove che sostengano questa pista che, come tutte le precedenti, viene abbandonata. Il caso è ritenuto chiuso.

2000

Alcuni patologi riesaminano i resti di Katarzyna utilizzando delle nuove tecnologie moderne legate al test del DNA e scoprono ulteriori tracce, appartenenti stavolta a un altro individuo. Ma il nuovo codice genetico non trova nessun riscontro nei database delle autorità.

Gli psicologi confermano che il criminale che ha commesso il brutale assassinio di Kasia ricalca il profilo dell'omicida seriale, ma nessun caso successivo ha dato modo di ritenere che il killer sia ancora in circolazione. Probabilmente è morto, ha lasciato il paese o è stato incarcerato per un altro crimine.

L'omicidio di Katarzyna torna di nuovo a ingrossare le fila dei tanti *"cold cases"* – i casi freddi, irrisolti – e finisce nel cosiddetto dipartimento degli "Archivi X" o "File X" di Cracovia.

Nel frattempo, il dottor Tomasz Konopka del dipartimento di medicina forense della Polonia nota che sulla pelle di Kasia sono presenti ferite che di solito contraddistinguono vittime cadute da altezze ragguardevoli o da mezzi in corsa. È possibile, secondo lui, che la ragazza sia stata spinta fuori da un veicolo e che il suo corpo sia stato trovato dalla stessa persona che poi l'ha scuoiato e gettato nel fiume. Questa pista desta molti dubbi, dato che Katarzyna, secondo le testimonianze raccolte, era solita spostarsi con mezzi di trasporto pubblici o a piedi.

Per l'ennesima volta, la polizia si ritrova al punto di partenza.

Disperati, gli investigatori del dipartimento degli Archivi X si rivolgono a un chiaroveggente. Non è una pratica comune, ma i troppi vicoli ciechi in cui il caso li ha portati li spinge ad affidarsi a questa risorsa alternativa.

Kristof Jackowski, il chiaroveggente, viene portato alla sede degli Archivi, dove ha accesso a tutte le prove di cui il centro investigativo dispone. In una futura intervista dichiarerà che la sua attenzione si è concentrata su alcune prove relative agli inizi dell'indagine, successivamente rianalizzate dagli investigatori. Ma il tutto viene tenuto top secret.

2012

Quattordici anni dopo la morte di Katarzyna Zowada, nuove tecnologie permettono di rianalizzare i resti della ragazza. Grazie all'innovativo Body Scan 3D, gli investigatori riescono a ottenere più dettagli. Il primo consiste in tracce di vegetazione che non sono tipiche del luogo in cui Kasia è stata ritrovata. Si presume, perciò, che il killer l'abbia uccisa in un posto diverso e successivamente l'abbia portata al fiume per disfarsene. Il secondo particolare consiste in ferite da percosse rilevate dallo Scan, le quali confermano che, prima di essere uccisa, Katarzyna è stata violentemente picchiata. Al profilo del killer si aggiunge la probabile padronanza di arti marziali.

2017

Cinque anni più tardi, la svolta.

Una donna si rivolge alle autorità per segnalare una curiosa coincidenza. Frequentando il cimitero della città, la testimone si è accorta di un uomo che, tutti i giorni, si reca alla tomba di Katarzyna e le lascia fiori e lettere. Le sembra sin da subito un comportamento strano e, solo quando realizza l'ossessione dell'uomo, capisce che quello potrebbe essere il responsabile del terribile delitto.

Marta, la madre di Kasia, in accordo con la polizia decide di piazzare delle telecamere nel cimitero. Solo così gli investigatori sono in grado di scoprire l'identità del sospettato.

Il suo nome è Robert Janczewski, ha cinquantadue anni, e vive con la madre proprio nei pressi del fiume Vistola.

Le informazioni che vengono raccolte sul suo conto combaciano perfettamente con il profilo del killer stilato dai profiler.

La sua infanzia è un grande affresco di traumi. Abbandonato appena nato, solo all'età di undici anni torna a vivere con i suoi genitori. Questi però sono troppo presi dal lavoro e la loro completa anaffettività verso il figlio spinge Robert a costruirsi una corazza di freddezza e apatia, con tratti violenti. L'ossessione religiosa, ereditata dalla madre, lo spinge a reprimere gli istinti più crudeli. Sin dai tempi della scuola, nonostante il ragazzo sia un tipo molto solitario, tutti sono stranìti da alcuni suoi atteggiamenti inspiegabili, che nascondono una grave forma di sadismo. Un esempio su tutti: giorno dopo giorno si dedica a togliere i chiodi di un grande pannello posto lungo il corridoio della scuola, fino a provocarne il crollo, con il rischio di causare danni a chi passa di lì.

All'età di vent'anni viene chiamato a prestare servizio militare. Il programma lo assegna a una casa funeraria, con l'incarico di assistente nelle dissezioni.

Dopo il militare, Robert trova lavoro in un istituto di zoologia. Qui impara come scuoiare gli animali e scopre altresì il perverso piacere di torturarli. Poco dopo, infatti, viene licenziato. I suoi colleghi hanno fatto una scoperta agghiacciante: in un solo giorno, Robert ha scuoiato tutti i coniglietti da esperimento.

Chi lo conosce, afferma di averlo visto cambiare drasticamente dopo la morte di Katarzyna. La fissazione per la religione, cresciuta ulteriormente, lo costringe a recarsi in chiesa e al cimitero ogni singolo giorno.

Il suo rapporto con le donne è sempre stato ossessivo. Le sue relazioni sono di breve durata, perché dalle fidanzate pretende che indossino solo biancheria francese, che siano molto colte, e soprattutto che soddisfino ogni sua perversione.

Ha una visione del femminile che sfiora la misoginia e in passato ha ripetutamente affermato che le donne andrebbero trattate come cittadini di seconda categoria.

I suoi hobby sono tutti legati alla cultura, al cinema e alla musica, motivo per il quale la polizia si convince che abbia conosciuto Katarzyna proprio frequentando le sale e i negozi di dischi della città.

In cerca di conferme, i detective perquisiscono la casa di Robert e, finalmente, dopo tanti anni, trovano degli indizi piuttosto schiaccianti.

Il notebook, il cui contenuto non viene condiviso con i media, è la prima fonte di prove. In ogni caso, pare che all'interno del computer portatile Robert abbia annotato tutti i suoi pedinamenti di donne della città e che abbia riportato descrizioni dettagliate di ogni incontro avuto con Katarzyna, compreso l'ultimo, senza lesinare dettagli sulla sua uccisione.

L'uomo scrive di averla conosciuta in un momento in cui lei è molto fragile. Sfruttando le turbe della ragazza, Robert finge di interessarsi a Kasia, con cui cerca di stringere una forte amicizia, che subito per lei si trasforma in amore. Per soddisfare i desideri del suo aguzzino, la Zowada si tinge i capelli di biondo e perde molto peso.

A metà novembre, Robert la invita a passare un paio di giorni insieme nel suo cottage a Wolbrom, una cittadina a nord di Cracovia.

Katarzyna accetta con gioia e i due raggiungono la meta in autobus.

Quello che per Kasia doveva essere un weekend romantico diventa l'inizio dell'incubo. Picchiata e torturata per giorni, viene scorticata viva, morendo tra le più atroci sofferenze. Ma il gilet fatto con la sua pelle non si adatta alla corporatura bassa e massiccia dell'assassino, che, dopo averlo indossato, decide di disfarsene nel modo più pratico possibile.

La polizia si reca subito presso il cottage in questione e cerca prove per verificare la veridicità degli scritti di Robert che, nel frattempo, nega ogni cosa.

La prova schiacciante è nella vasca da bagno. Al suo interno vengono trovate tracce del DNA di Katarzyna, rimaste lì dopo anni e anni di ricerche in tutta Cracovia.

Le parole di Robert sono quindi le uniche che raccontano tutta la verità sul caso di Katarzyna Zowada e del suo calvario, che rimarrà per sempre uno dei più disturbanti della cronaca nera mondiale.

Ottobre 2017

Robert Janczewski viene arrestato nell'ottobre 2017 e accusato di omicidio. Il suo team di avvocati richiede un processo a porte chiuse, ed è infatti quasi impossibile trovare dettagli sul suo svolgimento o sulle dichiarazioni rilasciate dall'imputato.

L'ultimo tassello di questo puzzle di orrore è l'intervista

rilasciata dal padre di Robert, il quale proclama l'innocenza del figlio e dichiara la speranza di riuscire a vivere abbastanza perché la legge ammetta i suoi errori, cerchi la verità e liberi Robert.

Ma c'è solo una verità: è Katarzyna a non aver vissuto abbastanza.

3
DOV'È LA FAMIGLIA MCSTAY?

Ciotole piene, ciotole vuote

Michael porta il cellulare all'orecchio e fa girare le chiavi della macchina nella mano destra.

Joseph non risponde. Così prova per l'ennesima volta a chiamare Summer. Segreteria telefonica, di nuovo.

Si sposta allora dal salotto verso la porta d'ingresso. Prende il portafoglio, mette in tasca le chiavi di casa e, per la prima volta in otto giorni, mentre il sole del pomeriggio lo acceca, nella sua testa si fa strada il peggiore dei pensieri, un brutto presentimento a cui non ha voluto dare ascolto, ma che da qualche notte lo tormenta poco prima di prendere sonno.

Parcheggia l'auto davanti alla villa del fratello.

Quello che gli ha detto Chase è vero. L'auto di Joseph non è più sul vialetto. Chase è venuto a dare un'occhiata qualche giorno prima, cercava Joseph per una questione di lavoro, ma il campanello aveva suonato a vuoto e, dopo quel suono, c'era stato solo l'abbaiare dei due cani.

Michael li sente, infatti. Suona anche lui il campanello e resta ad ascoltare Bear che piagnucola e Digger che, di tanto in tanto, ulula disperato nel giardino sul retro. Nessuno gli apre.

Fa il giro della casa. Non sa cosa guardare, cosa controllare. Palleggia lo sguardo tra il tetto e il terreno, in cerca di qualche indizio. Ma nulla.

A parte la finestra.

A un secondo sguardo, si accorge che uno dei vetri non è chiuso, ma solo accostato. Si avvicina al davanzale. È piuttosto alto, ma in due minuti, non senza difficoltà, sudato e con l'affanno, è dentro.

La casa è un disastro.

Ma lo è da quando si sono trasferiti lì, un paio di mesi prima. I lavori proseguono a rilento e danno sempre l'idea di disordine, anche se Summer ci tiene a pulire tutto e ad accatastare il materiale in pile più o meno precise. La finestra aperta, però, deve aver depositato la polvere d'intonaco per tutta la casa. Michael se la sente scricchiolare sotto le suole, quando si avvicina al divano.

Sui cuscini nota due ciotole grandi, piene di popcorn. Per un attimo immagina che Gianni e Joseph Jr. siano andati un secondo in bagno a fare insieme la pipì, uno seduto sul water e l'altro sul vasino, lasciando tutto com'è. Si aspetta di vederli tornare in salotto correndo e con il sorriso stampato in faccia, come sempre. Ma non arriva nessuno, e nessuno lo chiama zio Mic, in quel silenzio assordante.

A spezzarlo sono di nuovo i cani.

La portafinestra che dà sul giardino sul retro è quella della cucina. Sul ripiano ci sono ancora le uova rotte e cibo ovunque, in attesa di essere cotto. Qualcosa inizia a marcire e a riempire la stanza di un odore acre e pungente.

"È successo qualcosa" gli dice una voce nella testa. "Erano qui, poi è successo qualcosa."

Vedendo Michael impalato a fissare senza espressione la padella ancora sui fornelli, Digger ulula e gratta il vetro.

Gli salta addosso, in giardino. Scodinzola come un matto, gli lecca le gambe e Bear si butta a terra sulla schiena, aspettando le carezze sulla pancia.

«Dove sono mamma e papà, eh? Dove sono? Voi lo sapete?» chiede loro Michael, chinandosi a coccolarli e sperando in una risposta.

Poi si tira su, poggia i pugni sui fianchi e scruta il giardino. Niente di strano.

I cani hanno scavato qualche buca, rompendo l'equilibrio di quel perfetto manto verde. Lo fanno sempre, quando sono nervosi.

«Avete fame?» chiede.

Arrivato sotto la piccola pensilina, solleva il sacco di croccantini e vede le loro ciotole.

Resta immobile.

Le ciotole sono piene.

"È strano, è tutto strano..." gli dice ancora la voce nel cervello.

Poggia il sacco a terra e si guarda attorno. La sensazione di non essere solo gli risale lungo la schiena, gelandogli il sangue. È un istinto, più che altro. Comincia a sentirsi vittima di uno scherzo di cattivo gusto. Si aspetta che qualcuno esca fuori all'improvviso da qualche parte, dalle siepi forse, per prenderlo in giro.

Niente. Di nuovo.

Ci sono solo lui e il silenzio di quella strada deserta illuminata dal sole cocente.

«Te l'ho detto, non ci sono. Non c'è la Jeep. Qualcuno dà da mangiare ai cani. Non so chi, forse sono loro o forse no. È tutto così... strano. Ho lasciato il mio numero su un biglietto, ho scritto di chiamarmi. Vediamo che succede» spiega con il telefono all'orecchio, diretto all'auto. «Papà, non lo so. Non lo so. Aspettiamo. Se nessuno si fa vivo, chiamiamo lo sceriffo.»

Risponde un paio di «sì» e con un dito preme la cornetta rossa sulla tastiera del cellulare.

La sera, il telefono squilla ancora.

È un numero sconosciuto.

Michael lascia il telecomando, si fa coraggio e risponde.

«Michael McStay?» chiede una voce maschile.

«Con chi parlo?»

«È lei Michael McStay?»

Resta in silenzio.

La paura, dopo giorni, riesce a farlo suo, completamente, proprio lì davanti alla tv accesa.

«Sì. È... è successo qualcosa?»

«Me lo dica lei» risponde serio l'altro. «Signor McStay, sono della Protezione animali di Fallbrook. Ho trovato il suo numero a casa di... suo fratello?»

«Joseph.»

«Joseph McStay, sì. È da più di una settimana che diamo da mangiare ai suoi cani. Sono lasciati a loro stessi, nel giardino sul retro. Ogni giorno troviamo le ciotole vuote e le riempiamo. Non c'è nessuno a occuparsene. Anche se suo fratello è partito con la famiglia, ci sono tutti gli estremi per una denuncia di abbandono. Sa dirci qualcosa?»

Michael non risponde.

Davanti a sé non vede più neanche la tv.

I suoi occhi hanno lasciato spazio a quelli della mente. Tutto ciò a cui riesce a pensare sono le ciotole. Quelle vuote, dei cani, e quelle piene di popcorn.

«Non lo so» risponde, alla fine.

Ed è tutto ciò che ha da dire.

4 febbraio 2010

I McStay incarnano l'immagine della famiglia perfetta. Joseph McStay gestisce una compagnia di successo, la Earth Inspired Products, che produce fontane decorative. Sua moglie Summer è un'agente immobiliare. La coppia, insieme ai due bambini, Gianni e

Joseph Jr., di quattro e tre anni, si trasferisce da San Clemente, in California, a Fallbrook, un sobborgo di San Diego.

Sono molto felici della loro nuova villa e della città, nota per essere un posto amichevole e tranquillo, il luogo perfetto per crescere i figli e vivere una vita serena. Ma è proprio nelle piccole cittadine dove tutti si conoscono e in cui non succede mai niente che il male colpisce. Quando meno ci si aspetta.

Grazie al successo della sua compagnia, Joseph ottiene orari e impegni più flessibili e si può concedere di lavorare da casa, potendo così seguire da vicino i lunghi lavori di ristrutturazione. Il pomeriggio del 4 febbraio, però, a casa non c'è nessuno. Summer, dopo aver chiamato la sorella, esce con i bambini diretta al Ross Store, per fare acquisti. Joseph, invece, raggiunge Chase Merritt, il suo socio, in un Chick-fil-A di Rancho Cucamonga per mangiare qualcosa e parlare di un nuovo potenziale contratto.

I due si sono conosciuti nel 2007, quando Joseph aveva da poco fondato la compagnia. Chase, al tempo, si occupava della produzione di fontane e Joseph, grazie alla sua esperienza, di venderle. Il sodalizio lavorativo li ha resi amici, oltre che soci; così, quando c'è da parlare di lavoro, preferiscono farlo davanti a un buon piatto caldo anziché al telefono.

Ma, dopo quell'incontro, Joseph e Summer McStay spariscono dai radar. Nessun familiare o collega riesce a rintracciarli, nessuno ha più loro notizie.

Alle 17:47 del 4 febbraio 2010 la famiglia McStay svanisce nel nulla.

10 febbraio 2010
Famiglia e amici, allarmati da quell'insolito silenzio, iniziano a indagare.

Cinque giorni dopo aver parlato con Joseph, Chase va a casa del suo socio. Subito nota che sul vialetto non c'è parcheggiata la sua Jeep Isuzu bianca, ma il dettaglio che lo preoccupa è la presenza dei cani nel giardino sul retro. Joseph e Summer non li avrebbero mai lasciati soli, soprattutto non così a lungo, senza prima averli affidati a qualcuno di fiducia. Turbato, riferisce ogni cosa ai membri della famiglia.

13 febbraio 2010
Tre giorni dopo Michael McStay, il fratello di Joseph, decide di perlustrare da solo la casa. Attraverso una finestra rimasta socchiusa, si introduce all'interno della villa e la trova esattamente com'è sempre stata. A parte il disordine dovuto ai lavori di ristrutturazione, ogni cosa sembra al suo posto. Anche se qualcosa di strano c'è.

La casa sembra essere stata abbandonata in fretta. Sul bancone della cucina ci sono ancora degli ingredienti, la padella è sui fornelli e due grandi ciotole di popcorn, probabilmente dei bambini, stazionano sul divano, davanti alla tv.

Qualsiasi cosa abbia fatto decidere ai McStay di

lasciare la casa, deve essere successa all'improvviso. Michael, infatti, non sa spiegarsi come mai i cani siano in giardino. Suo fratello e la moglie non li avrebbero mai abbandonati al loro destino. Eppure, con sua sorpresa, gli animali sono in salute e le loro ciotole sono piene di mangime. Tutto, in quella casa apparentemente normale, è in realtà un mistero irrisolvibile.

L'uomo cerca di non pensare al peggio; suo fratello e Summer devono aver lasciato le chiavi di casa e il compito di sfamare Bear e Digger a un conoscente. Scrive un breve messaggio e il suo numero di telefono su un foglietto e, così com'è entrato, se ne va da casa McStay in attesa di notizie.

La sera stessa, qualcuno lo chiama. È la Protezione animali di Fallbrook; sono loro a sfamare i cani che, rimasti soli per troppi giorni, abbaiavano disturbando il vicinato.

Michael realizza che suo fratello, la moglie e i bambini non sono partiti per una vacanza non programmata, sono semplicemente spariti.

A questo punto, lui e gli altri parenti decidono di coinvolgere la polizia.

15 febbraio 2010

Il caso viene affidato alla squadra del dipartimento dello sceriffo di San Diego. La polizia perquisisce l'abitazione dei McStay ben undici giorni dopo la loro scomparsa. Per i detective non è semplice individuare segni di colluttazione, perché il disordine impedisce di ricondurre alcuni indizi alla ristrutturazione o a una presenza indesiderata.

Dopo aver notato il cibo in cucina, il detective Troy DuGal dichiarerà:

> «Che strano. Era come se ci fossero due bambini seduti sul divano davanti alla tv con i loro popcorn. E poi, un minuto dopo, tutti fossero andati via di corsa, lasciando ogni cosa così com'era».

Grazie alle indagini e alla collaborazione di Chase Merritt, la polizia scopre che è proprio lui l'ultima persona ad aver visto Joseph.

In un'intervista, Merritt dichiara:

> «Sono stata l'ultima persona ad aver visto Joseph. È venuto a Rancho Cucamonga il 4 febbraio per parlarmi di un importante progetto che avevamo in ballo con l'Arabia Saudita. Ci siamo visti a pranzo – l'incontro è durato circa un'ora e mezza – e lui era molto felice. Il lavoro non ci era mai andato così bene e stavamo entrambi facendo piani per il futuro. Non ha detto niente che mi abbia fatto pensare che ci fosse qualcosa che non andava... e poi, quando siamo tornati a casa, ci siamo ancora parlati al telefono».

Chase racconta agli agenti che la sera di quello stesso giorno, intorno alle 21, ha ricevuto una chiamata da Joseph. Lui, però, stava guardando un film con la sua ragazza e non ha risposto. Per questo, dice, si sente molto in colpa, perché quella telefonata poteva essere, ragionando a posteriori, una richiesta d'aiuto.

La prima vera svolta avviene quando i detective riescono ad accedere ai video delle telecamere di sorveglianza dei vicini dei McStay. Le immagini mostrano la Jeep di Joseph lasciare l'abitazione la sera del 4 febbraio per non fare più ritorno.

Le indagini vanno avanti e subito emerge un altro dettaglio che risulterà fondamentale. Pochi giorni prima l'inizio delle ricerche, l'8 febbraio, l'auto di Joseph è stata forzatamente rimossa perché parcheggiata in divieto di sosta in una zona molto vicina al confine messicano. I detective confiscano la vettura e la analizzano in cerca di indizi. All'interno, però, non trovano niente di strano: qualche giocattolo, i seggiolini dei bambini e i sedili anteriori posizionati secondo la statura di Joseph e Summer. Anche le telecamere del parcheggio non offrono molti spunti in più sull'automobile, limitandosi a confermare che è stata rimossa il giorno stesso del suo arrivo, quindi ben quattro giorni dopo aver lasciato casa McStay.

L'inevitabile domanda, che porta infatti alla prima pista, è: dove sono stati i McStay in quei quattro giorni?

Evidentemente qualche dettaglio sfugge anche ai familiari. Probabilmente Joseph e Summer, o uno dei due, si erano infilati in qualche brutto giro. Debiti, droga o qualche altro losco affare possono averli costretti alla fuga, in seguito a minacce che avrebbero messo a rischio la loro incolumità. Tutto è possibile, soprattutto in assenza di conferme.

La pista della fuga in Messico diventa sempre più plausibile, anche se il padre di Joseph, Patrick McStay, la considera irrealistica. Il suo rapporto con il figlio è molto stretto e confidenziale: se Joseph si fosse cacciato in un guaio così serio da portare alla fuga, lui l'avrebbe senz'altro saputo. Inoltre, tutti considerano Summer una madre molto apprensiva e protettiva, che non avrebbe mai esposto i propri figli ai pericoli del Messico, un paese che lei ha sempre detestato e guardato con un certo timore.

A far tremare le certezze di tutti, però, ci pensa un nuovo indizio. I detective analizzano i filmati delle telecamere poste al confine, proprio al passaggio per il Messico. Nel video registrato alle 19 dell'8 febbraio, ossia il giorno in cui la macchina viene parcheggiata in divieto di sosta in una zona poco lontana, si vede una famiglia composta da quattro persone, due adulti e due bambini. Le loro sagome, anche se la risoluzione delle immagini non è alta e i soggetti appaiono solo di spalle, sembra adattarsi perfettamente alla fisionomia dei McStay. Persino il modo di muoversi e gli abiti sembrano corrispondere.

Gli unici particolari che apparentemente non supportano la teoria della fuga sono l'atteggiamento tranquillo dei quattro, dedotto dal video, e la mancanza di movimenti bancari nel conto di Joseph. A Michael sembra impossibile che siano fuggiti abbandonando i loro amati e i cani e senza prelevare neanche un soldo.

La polizia, al contrario, dopo aver visionato il video ritiene che, a prescindere dal motivo del trasferimento in Messico, il caso della famiglia McStay sia uscito dalla loro giurisdizione e, di conseguenza, le indagini rallentano.

Le poche piste alternative da battere si concentrano sulla ricerca di eventuali sospettati, e su un movente abbastanza valido per riportare l'attenzione sull'ipotesi della misteriosa sparizione. E, come in ogni mistero che si rispetti, alcuni sospettati vengono fuori con estrema facilità. A quanto pare, più di una persona può avere avuto interesse a mettere i McStay fuori dai giochi.

Quattro, per essere precisi.

Serpi in seno

Esclusiva Cnn - Speciale sulla famiglia McStay

La giornalista è seduta di fronte a Gina Watson, la rappresentante di vendita della Earth Inspired Products.
La donna, nonostante la tensione per l'intervista, sfodera un sorriso tranquillo.
«Qual era il suo ruolo nella compagnia di Joseph McStay?»
«Ogni volta che serviva un prodotto particolare o che dovevamo rispondere a una richiesta di un privato, noi ci lavoravamo insieme ed è così che l'ho conosciuto negli anni, sempre meglio.»
«E cosa pensava di Joseph? Come le sembrava?»
«Personalmente, l'ho sempre considerato un uomo gentile e generoso. Difficilmente si arrabbiava.

Professionalmente, era davvero bravo con i clienti. Sapeva perfettamente come svolgere il suo lavoro.»

«Che mi dice, invece, di Chase Merritt, il socio che produceva le fontane?»

Il sorriso di Gina diventa all'improvviso una smorfia. È perplessa.

«Era sempre Joseph a farsi carico delle lamentele dei clienti, se qualcuno non era contento del lavoro svolto. E tutto avveniva quando a Merritt era già stata pagata la sua parte. Così, quando si trattava di rimborsare, era Joseph a perderci. In totale, negli anni, avrà buttato circa centodiecimila dollari, per tutti gli errori commessi in fase di produzione.»

«Qual è la sua opinione a riguardo?»

«A un certo punto ho deciso di chiarire i miei dubbi su Merritt. Usava materiali scadenti. A volte non riusciva a riparare le fontane, lasciando i clienti a bocca asciutta. Ma Joseph è sempre stato convinto di poter controllare questo lato di Chase, quindi ho lasciato perdere.»

«Perciò Joseph non aveva nessun risentimento nei confronti di Merritt, al tempo?»

«No, mi ha praticamente ignorato quando ho deciso di parlargli. Ma in fondo ho sempre saputo che non aveva totale fiducia in lui, soprattutto per il suo passato. A dirla tutta, anche la moglie, Summer, non era esattamente una sua fan.»

Chase Merritt indossa un cappello da cowboy bianco e, anche lui, sembra piuttosto tranquillo. La sua espressione serena cambia solo quando la giornalista inizia a fargli domande su Summer McStay.
«Cosa pensa invece della moglie di Joseph, Summer?»
«Joseph l'amava da morire. Cioè, lui pensava che potesse addirittura camminare sulle acque e cose simili. Onestamente? Io penso che fosse troppo egoista, che avesse un po' di problemi. E lui, sa, me ne aveva parlato.»
«Può spiegarsi meglio?»
«Negli ultimi tempi Joseph non stava troppo bene. Era molto confuso, accusava spesso vertigini, nausee. È andato dal medico diverse volte e nessuno riusciva a capire cosa avesse.»
«Lei che cosa ne pensa?»
«Diciamo che qualcuno gli aveva suggerito di... insomma, di smettere di pranzare e cenare a casa. Non so se mi spiego.»
«Lui credeva davvero alla possibilità che la moglie stesse cercando di avvelenarlo?»
«Le sue parole sono state: "Sai, forse dovrei stare più attento".»
«E, secondo lei, quale potrebbe mai essere il motivo che spinge una donna ad avvelenare il proprio marito?»
«Di questo non abbiamo mai parlato.»

Patrick McStay è a braccia conserte. La sua voce sembra sempre molto sicura, anche quando trattiene a stento le lacrime.
«Lei ha mai creduto alla storia di Summer che cerca di avvelenare suo figlio?»
«Il sospetto mi è venuto, all'inizio, soprattutto per lo stato di salute di Joseph e tutto il resto. Così ho approfondito e... no, alla fine non ci ho creduto.»

La giornalista ascolta la madre di Joseph e prende appunti.
«Alla fine anche Summer è sparita insieme a mio figlio e ai bambini. Perciò no, l'avvelenamento non ha nessun senso.»
«Ma ha mai percepito qualche atteggiamento strano da parte di Summer?»
«So che è sempre stata molto gelosa della prima moglie di Joseph. Le cose sono andate bene per sei anni tra loro e lui ha fatto di tutto per tenere in piedi la relazione con Heather. Ma gli incidenti di percorso capitano. Però, anche da divorziati, volevano continuare a essere dei buoni genitori per Jonah. Restava pur sempre il loro bambino.»
«Ed è vero che, pochi giorni prima di sparire, Joseph le ha chiesto un consiglio sul suo matrimonio?»
«Mi ha chiamato appena dopo Capodanno. Mi ha telefonato e mi ha chiesto: "Mamma, puoi aiutarmi a cercare un buon consulente matrimoniale? Voglio mettere le cose a posto con la mia famiglia,

> sai, rimetterla sui binari". Così, alla fine di gennaio, quando ne abbiamo trovato uno, mi capisce, con cui riuscisse a confidarsi sul serio... be', quattro giorni dopo... Puff! Tutti e quattro sono spariti nel nulla.»

I detective si concentrano su ciò che possono dedurre dai documenti della famiglia. Iniziano controllando i passaporti e scoprono che Joseph non utilizza il suo da mesi e che quello di Summer è addirittura scaduto. La donna non ne ha richiesto uno nuovo e i bambini non lo hanno mai avuto. Senza di quelli, per legge, non è possibile passare il confine con il Messico.

Proprio dal controllo dei documenti emergono alcuni dettagli bizzarri sul passato di Summer. Nel corso della vita ha cambiato diversi nomi, sei in totale. La sua passione per l'Italia l'ha spinta a adottare il cognome "Martelli", per poi cambiarlo di nuovo.

Anche se la polizia non dà peso a questa stranezza, la pista del probabile coinvolgimento di Summer nella sparizione della famiglia inizia a diventare la più battuta. Si suppone, infatti, che la donna soffrisse di qualche disturbo comportamentale, aspetto che viene confermato anche da alcune dichiarazioni di parenti e amici.

Summer è sempre stata molto gelosa del marito, fino a provare una sorta di ossessione nei suoi confronti. La madre di Joseph, anche se solleva la nuora da qualsiasi responsabilità, confessa che la donna è sempre stata turbata dal precedente matrimonio del figlio.

Giovanissimo, Joseph ha sposato Heather, con la quale è rimasto sei anni, fino al divorzio consensuale. In seguito i due hanno mantenuto buoni rapporti per crescere insieme loro figlio Jonah.

Secondo Chase Merritt, Summer ha sempre mal sopportato la situazione, tanto da lasciar trasparire dai suoi comportamenti un astio esagerato nei confronti del figliastro. E, per aggiungere benzina sul fuoco di pettegolezzi nei confronti della donna, prima si fa riferimento all'assenza di tutta la sua famiglia nel giorno delle nozze con Joseph e, con il benestare delle forze dell'ordine, viene diffuso un ulteriore dettaglio inquietante: pochi giorni prima della partenza, dal computer di casa McStay è stata fatta una ricerca su "cure omeopatiche per la gestione della rabbia".

Le speculazioni sul ruolo di Summer nell'intera vicenda continuano persino un anno dopo l'accaduto, mentre la polizia si ritrova ancora a brancolare nel buio.

La casa dei McStay, nel frattempo, è stata pignorata e occupata da nuovi inquilini. Inoltre non è mai stato impedito l'ingresso agli altri membri della famiglia e agli investigatori privati che Patrick McStay ha ingaggiato per scoprire qualcosa di più. Ogni traccia potenzialmente utile è stata perciò eliminata da un inquinamento di prove senza precedenti.

Nell'anno trascorso dalla sparizione dei McStay, Chase Merritt ha deciso di scrivere un libro su quanto accaduto al suo amico e socio. Ed è da queste pagine che spunta per la prima volta la questione dell'avvelenamento. Pare infatti che Joseph, soprattutto nel periodo antecedente alla scomparsa, non godesse di ottima salute. I suoi continui mal di testa e il perenne stato di nausea lo avevano portato a consultare più medici, senza però ottenere nessuna diagnosi significativa.

Merritt scrive come, confessandosi con lui, il suo amico avesse spesso avanzato l'ipotesi che la moglie lo stesse lentamente avvelenando, senza però mai fare cenno a eventuali motivi reali che avrebbero potuto spingerla a compiere un gesto tanto assurdo.

I detective non credono a questa teoria, soprattutto perché anche Summer è scomparsa insieme alla sua famiglia. Al contrario, quanto pubblicato nel libro di Merritt li spinge a indagare su di lui e, successivamente, su altre due persone.

Aprile 2013

Dopo tre anni di buchi nell'acqua, il caso passa all'FBI, che decide di restringere il campo e indagare su tre sospettati in particolare.

Il primo è Michael James McFadden, l'attuale compagno di Heather, la prima moglie di Joseph. Le comunicazioni tra la sua famiglia e i McStay paiono essersi interrotte proprio pochi giorni prima della scomparsa. Ma il dato non sembra così strano, dato che Summer ha denunciato McFadden agli assistenti sociali per i maltrattamenti nei confronti del figliastro, Jonah.

McFadden ha un carattere molto violento e diversi

precedenti penali a suo carico, motivi per i quali Joseph aveva richiesto la custodia totale del figlio.

La pressione sull'uomo diventa tale da costringerlo a rilasciare una dichiarazione alla stampa:

«Sono Michael J. McFadden. Non sono un criminale né tantomeno ho ucciso la famiglia McStay. La mia famiglia sta cercando di superare questa orribile tragedia nel modo più riservato possibile, ma mi sto stancando di tutti i nomignoli che mi vengono affibbiati e della diffamazione di cui sono vittima. Joseph mi piaceva ed era mio amico, quindi smettetela! La mia "cattiva reputazione" è da imputarsi a un'unica notte nella mia vita. Quella notte è stata l'ultima in cui ho consumato dell'alcol. Da allora sono un membro irreprensibile della società. Sono un padre, un marito e il proprietario di un'attività. Amo la vita e sono una persona positiva. Ho commesso un crimine anni e anni fa. Quel crimine coinvolgeva me, la mia fidanzata e un altro uomo. Punto. Non sono fiero della cosa ma, francamente, ho scontato la mia condanna in prigione, ho pagato e non mi sono più guardato indietro. La mia famiglia va in chiesa ed è devota. Ci amiamo e abbiamo delle belle vite».

Il secondo sospettato è Dan Kavanaugh, anche lui precedentemente arrestato per violenza domestica. I sospetti su di lui nascono da una soffiata alla polizia.

Una sua ex dichiara, infatti, che lo stesso Kavanaugh le ha confidato di aver ucciso e fatto sparire la famiglia McStay.

Dan aveva realizzato il sito della compagnia di Joseph e, all'inizio, aveva percepito delle percentuali sulle vendite online. Ma, con l'arrivo di Chase Merritt in società, Joseph aveva liquidato Kavanaugh e la sua buonuscita gli era stata accreditata solo pochi giorni prima di quel fatidico 4 febbraio 2010.

Dan, inoltre, ha continuato a lavorare con la madre di Joseph per darle una mano a portare avanti l'attività anche dopo la scomparsa del figlio. Fino alla fine del 2010, almeno, quando ha deciso di vendere tutto. Una decisione un po' strana, ammette il padre di Joseph, dato che aveva conosciuto Dan sempre e solo come "il tizio del web", un grafico, non un socio che potesse arrogarsi tale diritto. Ad alimentare i sospetti nei confronti di Kavanaugh c'è lo spostamento di migliaia di dollari dal conto dell'azienda a quello di Dan, successivo alla sparizione della famiglia McStay.

Ma il web manager fornisce alla polizia un alibi di ferro. A quanto pare, infatti, il 4 febbraio 2010 Dan si trovava alle Hawaii e la soffiata della sua ex cade nel vuoto. Viene così eliminato dalla lista dei sospettati.

Il terzo e ultimo è proprio Chase Merritt, amico e socio di Joseph.

Anche lui è un pregiudicato, dal passato piuttosto torbido. Il suo casellario giudiziario è pieno di furti e rapine, commessi in un lasso di tempo che va dagli anni Settanta fino al 2001. Nell'ultimo crimine, del 2001, aveva derubato un collega di lavoro di un'altra compagnia e, dopo un periodo in prigione, gli avevano dato dieci anni di libertà vigilata.

In seguito alla scomparsa di Joseph, Chase viene sottoposto a un test del poligrafo che, a detta di tutti, supera senza problemi. In realtà, non è andata così.

Il suo test ha sollevato diversi dubbi ed è stato considerato inconcludente. La mancanza di prove che dimostrassero un suo collegamento all'accaduto e l'opinione condivisa di scarsa affidabilità del test in un primo momento lo hanno allontanato dai sospetti.

La polizia si ritrova con tre piste tra le mani ma senza alcuna prova di colpevolezza. E nessuno, in tre anni, ha mai ricevuto notizie dei McStay.

Fino all'11 novembre 2013.

Chi muore non si rivede

La moto sfreccia sulla strada, circondata dal deserto.

L'asfalto luccica, bagnato da un sole troppo caldo persino per respirare e l'uomo, dopo un'occhiata al contachilometri, decide di inserire una marcia più bassa e di accostare.

Toltosi il casco, gira attorno alla moto ferma, tenuta in piedi dal cavalletto. L'asfalto gli sembra molle sotto gli stivali, mentre si piega per slacciare le fettucce della borsa e prendere la borraccia.

Dopo tre sorsi d'acqua, si bagna il viso e i capelli, su cui passa la mano per tirarli indietro. Si guarda attorno. Il nulla lo circonda e lui è venuto proprio per quello. Scruta la distesa di sabbia e terriccio, gli arbusti secchi e l'orizzonte. Finché non nota qualcosa di strano alla sua destra.

Due dune, pensa, ancora con la borraccia in mano. Due dune in mezzo a quel deserto piatto e statico.

Si avvicina per vedere meglio. Lascia la strada e si avventura in un off-road non programmato. Gli ci vogliono una ventina di passi lunghi per arrivare a quei cumuli di sabbia e terra. Li fissa, immobile, bruciato dal sole.

Con la punta dello stivale solleva un po' di polvere. Non sa perché lo fa, per un attimo decide di tornare alla moto. Non sono affari suoi. Eppure, dopo pochi secondi, la curiosità lo divora. In tutto quel nulla, lui ha trovato qualcosa e deve scoprire cos'è.

Si ritrova chino sulle dune, a scavare con le mani sudate nei guanti di pelle. Pesca pugni di terra e li lancia alle spalle, come coriandoli senza nessun vento a spazzarli via.

Poi lo afferra. Prima con i polpastrelli, dopo con tutta la mano. Lo tira su e lo vede illuminato da quella luce che non lascia scampo.

Gli cade dalle mani e lancia un piccolo grido. Con movimenti goffi tira fuori il cellulare dai pantaloni ormai tutt'uno con la pelle. Compone il numero senza neanche guardare il tastierino. Una voce risponde.

«Nove uno uno. Qual è l'emergenza?»

L'uomo resta in silenzio. Fa un respiro profondo.

«Ho trovato... ho trovato... sembrano...»

Passa di nuovo la mano sui capelli, ormai asciutti.

«Ho trovato dei resti umani.»

11 novembre 2013

Un motociclista, passando con la sua moto attraverso il deserto del Mojave, vicino a Victorville (California), chiama il 911. Ha trovato due grandi fosse, ricoperte di sabbia e terra. Al loro interno, dichiara, ci sono dei corpi umani.

La polizia, più tardi, conferma che si tratta dei resti di quattro persone, sepolti in due fosse diverse. Insieme ai corpi, viene rinvenuto anche un vecchio martello arrugginito.

15 novembre 2013
Per via dell'ormai avanzato stato di decomposizione, le forze dell'ordine riescono a identificare i corpi dei due adulti solo attraverso le impronte dentali. Si tratta di Joseph e Summer McStay.

Nella seconda fossa vengono rinvenuti i resti di due bambini, più tardi identificati come Joseph Jr. e Gianni McStay.

Senza dubbio si tratta di omicidio. I quattro sono stati colpiti con forza con un corpo contundente, probabilmente con il martello trovato insieme ai corpi.

Il luogo del ritrovamento, notano i detective, è a soli trenta chilometri dalla casa in cui è cresciuto Chase Merritt.

Le autopsie, basandosi sulla gravità delle ferite, rivelano che la famiglia è stata picchiata a morte. Gli investigatori pensano che Summer sia anche stata violentata, perché i suoi indumenti intimi sono stati rimossi e poi posizionati dietro la testa, il reggiseno tagliato e strappato via.

A quattro anni dalla scomparsa dei McStay, durante

i quali tutti si erano convinti che fossero scappati in Messico, la polizia deve ricredersi e lo sceriffo di San Bernardino emana un comunicato stampa, condividendo con il pubblico la scoperta:

> «Ci dà coraggio sapere che ora si trovano tutti insieme in un posto migliore».

Adesso rimane solo da scoprire chi è l'assassino.
Seguono dodici mesi di indagini serrate, con più di sessanta mandati di perquisizione e oltre duecento interrogatori.
Gli investigatori del dipartimento omicidi collaborano con il procuratore del dipartimento dello sceriffo della contea di San Bernardino e con l'agente speciale dell'FBI Kevin Boles. Finché i pezzi del puzzle si incastrano e viene trovato un colpevole.

7 novembre 2014

Quasi un anno e mezzo dopo il ritrovamento dei corpi della famiglia McStay, la polizia effettua finalmente un arresto: Chase Merritt è ritenuto colpevole dei quattro omicidi.
Il movente viene ricondotto a una ingente cifra di denaro che Merritt doveva a Joseph.
Tre giorni prima della sua scomparsa, McStay invia un'email a Chase nella quale gli chiede quarantaduemila dollari, ossia la cifra che gli doveva per non aver portato a termine con successo un lavoro che già aveva

richiesto una seconda manutenzione. È di questo, infatti, che hanno parlato durante il pranzo di lavoro del 4 febbraio 2010.

Gina Watson, la rappresentante delle vendite, con il tempo ha notato una forte incongruenza tra ciò che Merritt aveva dichiarato su quell'incontro e quanto lui stesso aveva riferito al padre di Joseph in un'email.

Questi sono gli appunti della donna:

«Hanno litigato durante il pranzo, ma pare che poi abbiano risolto. Joseph era arrabbiato per una fontana che risultava danneggiata e per la quale il cliente aveva chiesto un rimborso. Così ha chiesto a Chase di ripararla o di rendergli parte dei soldi che dovevano essere restituiti. Ma Chase li aveva già spesi tutti».

Patrick McStay conferma:

«Nell'ultimo anno Joseph me ne aveva parlato. Non era contento del lavoro di Chase. Alcune delle fontane erano realizzate davvero male. E dava la colpa a Chase, ovviamente, per tutti i rimborsi di cui doveva farsi carico. Mi aveva anche chiesto qualche consiglio, riguardo alla possibilità di assumere un altro costruttore. Non voleva licenziare Merritt, ma soltanto affiancargli qualcuno con il suo stesso ruolo. Creare una sorta di competizione, per spingerlo a lavorare meglio».

Grazie a ulteriori ricerche si scopre che Merritt intascava i soldi e li spendeva subito per pagare una lunga serie di debiti di gioco che aveva accumulato nel tempo.

Pare che durante quel fatidico pranzo Joseph avesse minacciato Chase: era disposto a denunciarlo alla polizia, mettendolo in guai seri, soprattutto a causa dei suoi precedenti. Se McStay avesse davvero dato seguito alle sue parole, Chase Merritt avrebbe rischiato di finire di nuovo in galera.

Stando agli appunti di Gina Watson, Chase Merritt avrebbe risposto a quell'ultima chiamata arrivata alle nove di sera.

> «Patrick, appena dopo l'accaduto, gli ha chiesto cosa si fossero detti durante la telefonata delle nove di sera del giorno della scomparsa di suo figlio. La stessa telefonata che, tempo dopo, Chase ha sempre sostenuto, con la polizia, di aver ignorato. All'inizio, Chase ha risposto che si era trattato di un breve ragguaglio riguardo alla fontana di cui già avevano parlato a pranzo. Quindi, sì, gli ha risposto eccome a quella telefonata e, forse, Joseph lo aveva di nuovo minacciato facendolo infuriare. Chase ha mentito alla polizia e questa è solo una delle tante incongruenze.»

I tabulati telefonici lo confermano.

C'erano state ben *ventisette* chiamate tra Chase e Joseph nel giorno della sua scomparsa. Il cellulare di

Chase si era anche agganciato a un ripetitore vicino a casa McStay, a Fallbrook, sia il giorno stesso sia due giorni dopo. Quel terribile 4 febbraio 2010 il suo telefono si era agganciato anche a una torretta vicino al luogo in cui sono stati rinvenuti i corpi.

Inoltre Chase, durante i primi interrogatori nei giorni immediatamente successivi alla scomparsa, si riferiva ai McStay al passato, come se già fosse a conoscenza del destino che li aveva colpiti.

Ma c'è di più.

Il 4 febbraio, Merritt ha staccato degli assegni a carico della compagnia per un totale di ventunomila dollari e, successivamente, ne ha giocate parecchie migliaia in un casinò vicino, perdendole quasi tutte. Merritt si giustifica dichiarando che quegli assegni erano stati staccati per pagare i debiti della compagnia ma, quando la polizia controlla l'account QuickBooks di Joseph (un software di contabilità) scopre che quelle cifre erano già state elargite in date differenti.

Per quanto riguarda la scena del crimine, ossia la villa dei McStay dove pare si siano consumati gli omicidi, non sono state raccolte prove sufficienti.

Il fatto che nei primi quindici giorni la polizia abbia permesso ad amici e parenti di entrare e uscire dalla casa, può aver dato a Chase il tempo necessario per ripulire tutto.

Merritt, infatti, è entrato in casa prima del fratello di Joseph, Michael, quattro giorni dopo la scomparsa della famiglia. Si è seduto al loro computer e, intorno alle due notte, ha fatto ricerche sul web per depistare le indagini (comprese quelle attribuite al disturbo di rabbia di Summer).

Nel corso delle indagini, Merritt aveva anche sostenuto di non aver mai guidato l'auto di Joseph, ma la scientifica ha rinvenuto le sue tracce in tutto l'abitacolo.

Così, alla luce di tutte queste prove, Chase Merritt viene arrestato.

7 gennaio 2019

Inizia il processo.

L'accusa avanza la sua teoria.

Il 4 febbraio 2010, di sera, Chase era arrivato a casa dei McStay. Summer stava dipingendo, Joseph era al computer nel suo studio, al piano di sopra, e i bambini erano sul divano a guardare la tv, mangiando popcorn.

Chase aveva preso un martello dal cortile, uno degli utensili usato per la ristrutturazione della casa. Era salito nello studio di Joseph e lo aveva aggredito, colpendolo e rompendogli una gamba, in modo che non potesse difendere la sua famiglia. Successivamente lo aveva legato con una corda. Non è chiaro se McStay sia morto per primo, ma pare che Chase lo abbia lasciato legato e ferito, incapace di muoversi, prima di spostarsi al piano di sotto.

Aveva poi ucciso Summer e i due bambini brutalmente, sempre usando il martello. Se la teoria degli investigatori è corretta, Joseph non ha potuto fare niente se non stare ad ascoltare le grida della sua famiglia che veniva sterminata, un colpo dopo l'altro, consapevole del destino che il suo socio nonché amico avrebbe riservato anche a lui.

Terminato il massacro, Chase era andato via e, nei giorni seguenti, aveva ripulito la scena del crimine, coprendo o lavando via ogni possibile indizio. Per tre anni è rimasto convinto di aver commesso il crimine perfetto.

Il movente viene ricondotto alle ripetute discussioni tra lui e Joseph per i soldi, discussioni consumate anche durante il pranzo e poi protrattesi nelle telefonate avvenute lo stesso giorno. E, anche se la difesa tenta di attribuire le stesse motivazioni anche a Dan Kavanaugh, l'alibi delle Hawaii spinge il giudice a dichiarare la possibilità non credibile.

Alla fine del processo, Chase Merritt viene accusato di omicidio di primo grado, condannato all'ergastolo per l'uccisione di Joseph McStay e condannato alla pena di morte per l'omicidio di Summer e dei due bambini.

Il giorno della sentenza, i membri della famiglia McStay presenti in aula leggono ciascuno una dichiarazione guardando il responsabile dritto negli occhi.

Susan Blake, la mamma di Joseph, dice:

«Spregevole, diabolico mostro. Come hai potuto picchiare due bambini piccoli? Quanto erano spaventati, eh, Chase? Piangevano chiamando la mamma e il papà? Avevi una scelta. Chase, sei solo un reietto, un codardo e un killer di bambini. Sei un mostro».

Patrick McStay, distrutto dal peso di una fiducia malriposta, gli dice solo:

«Spero che tu bruci all'inferno».

In aula è presente anche l'ex marito di Summer. I due, prima di separarsi, hanno avuto un rapporto molto intenso, tanto da spingere lei a confidargli che al suo funerale avrebbe voluto che venisse suonata la canzone *Spirit In The Sky* di Norman Greenbaum.

Lui la fa riprodurre in aula e, sempre fissando Chase negli occhi, dice:

«Voglio rovinarti psicologicamente. Spero che questa canzone ti risuoni nelle orecchie ogni volta che sentirai un suono simile in prigione, così da ricordarti di ciò che hai fatto a quella famiglia. Spero che questi suoni ti perseguitino per il resto dei tuoi giorni».

Arriva, infine, il turno di Chase.
Dichiarandosi di nuovo innocente, pronuncia queste ultime parole:

«La cosa che vi porta conforto in questa storia è togliermi la vita. Togliermi la vita per un crimine che

non ho commesso. Volevo bene a Joseph, era una parte importante della mia vita e della vita della mia famiglia. Non gli avrei mai fatto del male, in nessun modo. Non alzerei mai le mani su una donna o su un bambino. Non ho fatto niente di ciò di cui mi accusate, so che non mi credete e questo mi uccide».

Attualmente Chase Merritt è rinchiuso nel braccio della morte del carcere di San Quentin, in attesa di essere giustiziato.

Della famiglia McStay, invece, restano solo quattro grandi croci bianche nel deserto del Mojave, circondate da fiori e peluches.

4

RUI PEDRO.
IL BAMBINO SCOMPARSO

Il grande e il piccolo

Filomena guarda i cani che tendono i guinzagli.

Gli agenti della *guardia civil* di Lousada provano a tenere il loro passo ma quelli, con il naso a terra e le orecchie dritte, tirano verso il parco seguendo una pista invisibile.

«Hanno trovato qualcosa» dice uno degli agenti.

Filomena stringe la mano del marito e, senza dire una parola, annuisce con due piccoli scatti del mento e batte veloce le palpebre gonfie di lacrime.

La polizia, i volontari e i coniugi Mendonça Teixeira raggiungono il parco e calpestano l'erba fresca, già verde settimane prima dell'inizio della primavera.

I cani, come fossero d'accordo, incrociano i nasi su una traccia di erba battuta, stretta e lunga. La linea continua per diversi metri, fino a raggiungere l'altra estremità del parco, dove il vialetto sfocia nella strada asfaltata.

Filomena cerca di cancellare dalla mente l'immagine di suo figlio riverso a terra, in un lago di sangue. Se fosse accaduto un incidente, la polizia sarebbe già stata avvisata. Perciò prova a scacciare quei macabri pensieri, ma senza successo perché altri, peggiori, ne prendono il posto. Il nome di Dio e dei santi protettori si susseguono nella sua nenia senza voce, cantilenata da labbra sempre più secche, che neanche il pianto riesce a bagnare.

L'erba, d'un tratto, finisce. Davanti c'è solo la strada deserta che corre fino all'orizzonte. I cani indugiano. Tirano prima a sinistra, in direzione del centro, poi si decidono e spingono verso destra. La triste processione continua sul ciglio della strada ancora per qualche manciata di metri finché i due segugi si fermano.

La donna non riesce a vedere. Lascia la mano del marito e scosta il braccio dell'agente di polizia.

La bici di Rui Pedro è poggiata a terra, scomposta. Lo sterzo, coperto dall'ortica, segue la direzione della ruota anteriore, che punta al cielo. Il cavalletto, una piccola asta di ferro, è stato inserito, ma deve aver ceduto alle sferzate d'aria delle automobili.

«La riconosce?» le chiede un agente.

Non c'è bisogno di risposta.

Filomena scoppia in un pianto disperato.

4 marzo 1998

Filomena e Manuel vivono a Lousada, una piccola comunità nel Portogallo del nord. Insieme ai figli Carina, di otto anni, e Rui Pedro, di undici, i Mendonça Teixeira incarnano la tipica famiglia umile e serena in una realtà fatta di difficoltà e piccole gioie quotidiane.

Rui Pedro, in particolare, è un ragazzino solare e amorevole, amante degli animali e degli sport. Sfreccia veloce sul suo skateboard e sulla sua bicicletta ma, sopra ogni cosa, ama il calcio. Sin da piccolissimo sogna di diventare un giocatore professionista e sfrutta ogni momento libero per allenarsi al parco con gli amici.

Il suo entusiasmo non è scalfito nemmeno dalle sue condizioni di salute. Tratta l'epilessia, tenuta costantemente sotto controllo dai genitori e dai nonni, con estrema responsabilità, ricordandosi sempre di prendere le sue medicine. Non si lascia scoraggiare. Anzi, la malattia lo ha sempre spinto a essere quel ragazzino che tutta la comunità considera assennato e gentile, pronto a offrire il suo aiuto e a prendersi cura dei suoi animali.

L'unica preoccupazione che dà ai suoi genitori e al nonno è l'amicizia con Afonso Dias.

Afonso è un uomo di ventidue anni, undici più di Rui, figlio di una famiglia piuttosto povera e dall'atteggiamento infantile. Sin da quando ha conseguito gli esami di guida nell'autoscuola gestita dalla madre e dal nonno di Rui, i due sono diventati inseparabili. Filomena, infatti, anche se riconosce l'anomalo legame che unisce Afonso e suo figlio, cerca in tutti i modi di aiutare il primo, regalandogli vestiti usati e offrendogli un lavoro presso l'autoscuola, per permettergli di guadagnare qualche soldo.

Afonso conquista così la fiducia della donna e a dubitare della sua influenza su Rui restano solo Manuel e José, rispettivamente il padre e il nonno del bambino. Ma tutti i tentativi di separarli non fanno altro che rinsaldare ancora di più il loro rapporto, spingendo addirittura Afonso a essere molto protettivo nei confronti di Rui, il quale, in questa amicizia, vede l'occasione di poter entrare prima del tempo nel mondo degli adulti. A suo rischio e pericolo.

Il 4 marzo, Rui raggiunge la madre all'autoscuola e le chiede il permesso di fare un giro in auto con Afonso, quel pomeriggio. Filomena, influenzata dall'opinione del marito e del padre, glielo nega.

Il ragazzino, dopo qualche capriccio, decide di raggiungere gli amici al parco lì dietro e la donna, dopo avergli ricordato di tornare a casa per le 17 precise per la lezione del suo tutor, lo guarda andare via.

Questa è l'ultima volta che Filomena Mendonça Teixeira vede suo figlio.

Alle 18, infatti, il telefono di casa squilla. Il tutor di Rui chiama Manuel e Filomena per sapere dov'è il bambino, che non si è presentato alla lezione. Rui non ne ha mai persa una e la notizia sconvolge i genitori.

I Mendonça chiamano la *guardia civil* di Lousada per denunciare la scomparsa del figlio. Con le forze dell'ordine e alcuni volontari, si lanciano alla ricerca di Rui, seguendone le tracce nei posti che ha frequentato durante la giornata. Al parco, lo stesso dove ha giocato a calcio quel pomeriggio, trovano solo la sua bicicletta. Di Rui, nemmeno l'ombra.

Guardia civil, polizia militare e vigili del fuoco, con il supporto di diverse unità cinofile, cooperano immediatamente per intercettare il ragazzino nelle strade di Lousada, ma senza risultati.

Poche ore dopo, tre bambini che vivono nel quartiere si recano alla stazione di polizia per raccontare quello che sanno sugli spostamenti dell'amico. Stando alle loro parole, i quattro stavano giocando insieme a calcio, finché non sono stati interrotti dall'arrivo di una Sedan nera. Al volante c'era proprio Afonso Dias. L'uomo ha chiamato Rui, che si è avvicinato alla macchina, e gli ha detto qualcosa che gli amici non sono riusciti a sentire. Dopodiché, il bambino ha abbandonato la sua bicicletta, ha aperto lo sportello ed è partito a bordo dell'auto.

La polizia si concentra così sugli spostamenti di Afonso. Quel pomeriggio avrebbe dovuto ritirare la macchina dopo la revisione, ma il meccanico confessa di non averlo mai incontrato e di non aver nemmeno provato a chiamarlo, convinto che avesse avuto un semplice contrattempo.

Gli agenti, spinti dai sospetti, si mettono sulle tracce di Afonso e lo trovano quasi subito. Il ragazzo, però, di fronte alle loro domande insistenti, dichiara di non avere la minima idea di dove si trovi Rui.

Pur avendo poco a suo carico, la polizia decide di trattenere Afonso alla stazione di Lousada, per continuare a interrogarlo. Afonso sostiene di aver passato solo cinque minuti con Rui, esattamente tra le 13:50 e le 13:55. Dopo, senza l'amico, si è spostato a Paços de Ferreira, una cittadina a circa quindici minuti da Lousada, per fare una passeggiata. Da lì, ha raggiunto la sua fidanzata nel quartiere Free Amanii, dove si trovava quando ha ricevuto la notizia della scomparsa di Rui.

José, il nonno del bambino, recatosi alla stazione di polizia, supplica Afonso di fornire qualsiasi dettaglio che possa servire a rintracciare il nipote. Il ragazzo, sotto la pressione dell'uomo e degli agenti, scoppia in lacrime e continua a ripetere di non sapere nulla, arrivando persino a pregare tutti di non perdere tempo e mettersi subito sulle tracce di Rui Pedro, prima di giocarsi l'unica occasione di trovarlo.

Ma i sospetti su Afonso, anziché diminuire, aumentano sempre di più.

Poco dopo João Andre, il cugino di Rui, arriva alla stazione di polizia e condivide con gli agenti alcune preziose informazioni. Pare che il giorno prima Afonso avesse avuto con lui e con il cuginetto una strana chiacchierata. Il ventiduenne aveva proposto ai bambini di incontrarsi al campetto e da lì partire con lui per fare un "giro a prostitute". All'ultimo, però, João, è stato messo in punizione dai genitori e non ha potuto raggiungere il parco.

Afonso continua a dichiararsi innocente.

Le ricerche iniziano a intensificarsi, la famiglia Mendonça riempie le strade di volantini e pattuglia ogni centimetro della città, chiedendo informazioni tutti i passanti.

Nel frattempo, la testimonianza del piccolo João viene confermata da quella di una donna, una prostituta di nome Alcina, che ha riconosciuto Rui proprio dai volantini.

Secondo quanto racconta Alcina, il pomeriggio del giorno in cui Rui è scomparso la donna stava lavorando sulla strada che porta a Lush Dosa, a dieci chilometri da Lousada, quando è stata approcciata da un ragazzo alla guida di una macchina scura, accompagnato da un bambino identico a Rui. L'uomo, tagliando corto, ha chiesto ad Alcina di accettare duemila *escudo* per avere un rapporto con il giovane.

La donna ha accettato ma, vedendo il bambino scendere dall'auto, non ha potuto fare a meno di notare quanto fosse intimorito. Tremava e singhiozzava, mentre cercava di spiegare ad Alcina che quello che stava accadendo non era affatto ciò che desiderava.

La prostituta lo ha accompagnato tra gli alberi, allontanandosi dall'auto e fingendo di appartarsi con il giovane cliente. Lì ha trascorso quindici minuti cercando di consolarlo e farlo smettere di piangere. Una volta calmato, il presunto Rui le ha spiegato che l'uomo nell'auto era suo zio e che lo aveva costretto a seguirlo in quel giretto. Alcina, turbata, gli ha chiesto se sua madre fosse a conoscenza della loro uscita e il bambino, ancora parecchio scosso, ha subito negato.

Lei, pur spaventata dalla situazione, allo scadere dei

quindici minuti ha preso sotto braccio il bambino ed è tornata alla macchina. Lì lui l'ha salutata con la mano ed è salito di nuovo a bordo dell'auto, lanciata in direzione di un bordello, mezzo chilometro più avanti.

Nonostante le numerose informazioni di cui dispongono, le autorità non considerano la sparizione di Rui un rapimento, e decidono invece di considerarla una missione di ricerca e salvataggio, malgrado le forti pressioni della famiglia. Questa scelta compromette da subito il corretto svolgimento delle indagini, in quanto il tribunale distrettuale è praticamente impossibilitato a intervenire in un caso che non è classificato come rapimento.

Finalmente, dopo ventiquattro ore, arriva a Lousada una squadra di agenti di polizia giudiziaria in supporto alle indagini che, nei giorni successivi, conduce un'incessante ricerca per i campi, i paesi vicini, i fiumi e le foreste della zona.

I media, dalla loro, sono attirati dalla sparizione di un bambino come api dai fiori e la diffusione della notizia porta molte persone a offrirsi in supporto per le ricerche e la distribuzione dei volantini segnaletici di Rui.

L'aspetto mediatico, però, ha i suoi risvolti negativi. Molti curiosi iniziano ad aggirarsi attorno alla casa dei Mendonça, il cui telefono squilla incessantemente, giorno e notte. Le chiamate, purtroppo, sono tutto fuorché di aiuto. Addirittura, in una di queste uno sconosciuto chiede a Filomena di spogliarsi nuda davanti alla finestra in cambio di informazioni su suo figlio. In un'altra telefonata, dal ricevitore arrivano urla strazianti di un bambino che cerca sua madre e che Filomena riconosce come la voce di suo figlio. Ora che il caso è finito in tv e sui giornali, gente senza scrupoli e morale cerca di rubare a quella donna distrutta persino la dignità.

Nonostante tutto, i Mendonça si sentono in dovere di portare avanti ogni tipo di ricerca pur di ottenere informazioni utili e il giudice, per tutelare la famiglia, emette un'ordinanza atta a monitorare ogni singolo squillo. Evita, però, di rintracciare le chiamate, sostenendo di non avere gli strumenti e le risorse sufficienti per farlo.

Ma nelle ultime settimane l'attenzione di Filomena è tutta focalizzata su Afonso Dias, che non viene perseguito come sospettato e, una volta a piede libero, lascia immediatamente Lousada.

Secondo la donna, l'atteggiamento del ragazzo è cambiato nel tempo: prima della sua sparizione Filomena si è sentita addirittura in colpa per l'impatto che le accuse hanno avuto su Afonso ma, alla luce degli ultimi avvenimenti, tutto le appare più chiaro e comincia a sospettare che Dias stesse organizzando da tempo il rapimento di suo figlio.

Ed è proprio quando le ricerche sembrano non approdare più a niente che un dettaglio sorprende le autorità e la famiglia di Rui. La cosa che li spiazza di più è il luogo che ha dato origine alla notizia: Disneyland.

Wonderland Club, il paese delle meraviglie

Disneyland Paris.
L'allegra famiglia in impermeabile giallo sorride all'obiettivo posto alla fine della corsa. L'attrazione è "Le avventure di Pinocchio", una giostra a rotaie con carrozze in ferro. Quella su cui siede il gruppo è del Grillo parlante. Stampato sulla facciata anteriore, in primo piano, il personaggio allarga le braccia in un immobile sorriso scolorito dal tempo.
Sul fondo della carrozza, nel buio della galleria si distingue il viso di un bambino. È perplesso, la sua espressione è tutt'altro che felice. Ha i capelli corti, gli occhi confusi, le mani strette sulla barra di sicurezza. Al suo fianco c'è un uomo coperto dalla persona che ha davanti: dall'obiettivo si scorge solo la sua incipiente calvizie e parte del suo impermeabile rosso.

I due non fanno parte della famiglia.
Sono soli.

> Foto di: Nuno Roteiro
> per *Clara Magazine*
> Aprile 1998

Aprile 1998
Esattamente un mese dopo la scomparsa di Rui Pedro Nuno Roteiro, un giornalista portoghese, visita il parco divertimenti per scrivere un articolo sulle attrazioni per la rivista portoghese *Clara*.

L'articolo è corredato da foto del viaggio, ma una in particolare attira l'attenzione dei lettori. In questa il giornalista è raffigurato con la sua famiglia al termine della corsa sulla giostra "Le avventure di Pinocchio". Seduti in una fila posteriore, invece, si distinguono chiaramente un uomo calvo sulla quarantina e un ragazzino dalla pelle abbronzata, i capelli scuri e un giubbotto con la zip. Ha il viso leggermente inclinato a sinistra, abbastanza per renderlo riconoscibile. Tutti concordano nel ritenere che sia Rui Pedro.

Le autorità decidono a quel punto di sottoporre la fotografia al controllo di Manuel e Filomena che, senza alcuna esitazione, confermano che si tratta proprio di loro figlio.

La polizia sequestra tutte le fotografie di Roteiro e le inserisce tra le prove ufficiali del caso. Inoltre chiedono le registrazioni delle telecamere di sicurezza del parco divertimenti ma, per una strana coincidenza, proprio quel giorno risultavano essere fuori servizio.

Nonostante la brutta notizia, i Mendonça si consolano al pensiero che Rui non sia morto e che sia ancora possibile ritrovarlo. Senza registrazioni, però, non è possibile condurre un'indagine approfondita, perché la figura dell'uomo accanto al bambino è quasi completamente coperta dal fotografo.

Tuttavia, questa labile pista finisce per confluire in un'altra molto più grande.

Lo stesso mese in cui viene pubblicata la foto di Disneyland, la squadra anticrimine britannica sta lavorando a un'operazione sotto copertura con il nome in codice "*Cathedral*", il cui obiettivo è identificare i membri di un esteso giro di pedofilia, con contatti in tutta Europa, soprannominato "Wonderland Club".

Il Wonderland Club, che prende il nome dal romanzo *Alice nel paese delle meraviglie* di Lewis Carroll, è una community online in cui i membri si scambiano materiale pedopornografico sia di seconda mano che autoprodotto. A quanto pare, per entrare a farne parte sono necessari l'invito di un membro e una perversa iniziazione, nella quale il nuovo arrivato deve mettere a disposizione del gruppo diecimila file inediti, tra foto e video. Coinvolti in questo girone infernale ci sono anche persone di spicco, vip, famosi avvocati e persino un rinomato presentatore televisivo.

L'investigazione coinvolge circa millecinquecento

ufficiali provenienti da tredici diverse forze militari di svariati paesi e, come risultato, riesce a intercettare e recuperare qualcosa come settecentocinquantamila fotografie di bambini originari del Portogallo.

Tra gli scatti, uno in particolare colpisce l'attenzione degli agenti. Viene rinvenuto durante l'arresto di Gavin Seagers, un tecnico informatico di ventinove anni originario del Kent, che all'interno del suo pc custodisce centinaia di immagini compromettenti che ritraggono bambini che subiscono abusi sessuali.

In quello scatto gli agenti riconoscono un volto a loro noto, quello di Rui Pedro.

2001

Tre anni dopo, muovendosi al di fuori dei radar dei media, la polizia contatta Manuel e Filomena per confermare quanto hanno supposto.

L'incontro viene pianificato a Ginevra, in Svizzera, per evitare qualsiasi potenziale fuga di notizie che avrebbe potuto interferire con le indagini e mettere a rischio l'incolumità dei bambini coinvolti.

Prima di mostrare ai genitori quelle foto oscene, gli agenti optano per un riassunto descrittivo delle immagini, così da preparare i Mendonça al peggio.

Visionare quelle fotografie per i coniugi è devastante. Ma, nonostante il disgusto e il dolore, confermano che il bambino ritratto negli scatti è proprio Rui Pedro.

La loro disperazione trova però di nuovo conforto

nella certezza che loro figlio, anche se in mano ai peggiori aguzzini, è ancora vivo.

La scarsa risoluzione delle immagini e gli sforzi del Wonderland Club di insabbiare tutto rendono quasi impossibile risalire alle date e ai luoghi in cui l'organizzazione opera. Tra le centinaia di vittime innocenti, la polizia riesce a identificare solo sei bambini del Regno Unito, sette degli Stati Uniti, uno del Cile e uno dell'Argentina.

Nella speranza di ottenere maggiori informazioni, l'Interpol interroga nuovamente Gavin Seagers e un suo complice appartenente al Club, senza tuttavia ottenere nessuna informazione aggiuntiva sulle persone coinvolte nella produzione del materiale pedopornografico.

Le indagini sono ancora una volta in stallo.

Poco tempo dopo, un pregiudicato portoghese di nome José De Matos decide di farsi avanti per parlare con le autorità, dichiarando di essere disposto a collaborare e di poter rintracciare Rui Pedro senza problemi.

Sostiene di sapere con certezza che la notte del rapimento il bambino è stato portato nei pressi di Viseu, a centosessantacinque chilometri a sud-est di Lousada, dove è stato poi dato in custodia al proprietario di un negozio di alimentari inglese. In cambio di queste informazioni e del suo aiuto nelle ricerche chiede la liberazione.

Com'è facile immaginare, in molti credono che José stia solo cercando un pretesto per anticipare lo sconto della pena ma, stando a quanto dice la polizia, all'uomo restano da scontare poche settimane prima della scarcerazione e non rischierebbe mai di compromettere il suo rilascio con false informazioni. Così, sulla base di queste schiaccianti evidenze, le forze dell'ordine considerano credibile la testimonianza di De Matos e lo liberano per aiutare la famiglia Mendonça a trovare Rui Pedro. Filomena e Manuel non badano a spese e gli forniscono un'automobile, un cellulare e una carta di credito illimitata.

Nei giorni successivi, durante le ricerche di De Matos, l'ex pregiudicato mantiene un contatto stretto con la famiglia, informandola sui suoi spostamenti. Spiega ai genitori che le sue ricerche partono dalla Spagna e si spostano in Inghilterra e un giorno, proprio mentre si trova lì, li chiama e, con voce ferma, dice al nonno di Rui:

«Ho davanti a me suo nipote. Sta bene, sta mangiando un gelato».

In quel preciso istante, la famiglia Mendonça Teixeira esplode di felicità. La gioia prende il sopravvento al punto da spingere i parenti a preparare i festeggiamenti per il ritorno a casa del piccolo.

Ma è troppo bello per essere vero.

Per giorni, infatti, non ricevono più né messaggi né chiamate da José. Questo silenzio insospettisce le autorità che, sin da subito, temono che sia successo qualcosa a De Matos durante il recupero del bambino.

La realtà, in questo caso, supera i presentimenti.

Tramite una breve indagine, i detective scoprono che il criminale si è inventato tutto. La storia raccontata è una colossale bugia, ordita con messaggi e chiamate contenenti informazioni fasulle. Emerge, addirittura, che José non ha mai lasciato il Portogallo e, per la sua condotta, viene condannato per frode a sei anni di reclusione.

La famiglia si trova costretta a incassare l'ennesimo duro colpo, insieme a quello causato dalla morte del nonno di Rui a causa di un incidente con il trattore.

Loro malgrado, Filomena e Manuel scoprono che al peggio non c'è mai fine. E sarà proprio questo a portare avanti le indagini.

Due pesi e due misure

Kate ride a una battuta di Gerry.

Prende il tovagliolo con il logo del Tapas Restaurant ricamato al centro e se lo porta alla bocca. Il tavolo è un alveare di parole che si mischiano al tintinnio delle posate e dei bicchieri di vino.

Con un gesto automatico, controlla l'orologio da polso e vede entrambe le lancette puntare sul dieci. Alza gli occhi al cielo, cercando di respirare il più possibile l'aria fresca di maggio. Il cielo è limpido e le stelle sembrano molte di più di quelle che ci sono a Leicester.

D'istinto lancia uno sguardo al complesso bianco e individua subito il balcone del loro appartamento.

«È il mio turno» dice poi a tutto il tavolo.

Gerry le sorride mentre lei fa forza sulle braccia e si alza in piedi.

«Vai e torna» le dice.

Kate annuisce e lascia il tavolo, diretta alla piscina. Cammina sul bordo di quella grande lastra azzurra illuminata dai neon e in pochi passi è già davanti al cartello su cui c'è scritto a grandi lettere bianche "Ocean Club".

Apre la porta del cortile interno ed entra nell'appartamento 5A. Il silenzio è tutto ciò che sente. Una luce proveniente dalla porta socchiusa della camera dei bambini è tutto ciò che vede.

Senza premere nessun interruttore, cammina verso la porta aperta, provando a non emettere nessun suono. Ma più si avvicina e più nota che da quello spicchio di stanza arriva fin troppa luce, che si proietta sul pavimento liscio e lo taglia in due.

Sta per mettere una mano sul pomello, quando una folata di vento fa sbattere la porta, chiudendola a pochi centimetri dal suo naso.

Lo spavento cambia il ritmo del suo respiro. Con il cuore che pompa più forte fissa la maniglia, si fa forza ed entra nella stanza.

La brezza, la stessa che sentiva al tavolo, le accarezza di nuovo il viso, ma questa volta non le dà nessun sollievo.

La finestra è aperta, le persiane sono spalancate, le tende ondeggiano al vento. I suoi occhi si adattano a quel buio squarciato dall'alone giallo dei lampioni esterni. Kate guarda il letto di Maddie, cercando di individuare la sua piccola sagoma. Le sembra di vederla, all'inizio. Poi le pupille si dilatano e capisce. È solo un'ombra.

Maddie non c'è.

Si precipita fuori dall'appartamento, corre come mai ha fatto prima. Attraversa la porta del patio e per tutta la strada fino alla piscina una voce le urla nella testa, senza sosta.

Intercetta lo sguardo di Gerry, in fondo, dove c'è il tavolo. Il sorriso di lui si spegne, quando la riconosce. La maschera di disperazione è calata anche sul suo volto.

La gola di Kate si contrae. Non riesce a dire niente.

Dopo, la voce esce tutta insieme.

«Qualcuno ha preso Madeleine!» urla.

Nel silenzio, un bicchiere di vetro cade a terra e si frantuma.

3 maggio 2007

Nove anni dopo la scomparsa del piccolo Rui Pedro, si verifica un altro fatto di cronaca spaventosamente simile. Gerry e Kate McCann, una coppia inglese, sono in vacanza a Praia de Luz, in Portogallo, insieme ai due figli gemelli Sean e Amelie e alla loro bambina più grande, Madeleine, di tre anni. Insieme a loro, ci sono anche alcuni amici e i rispettivi figli.

Alle sette di sera di un giovedì, parecchi giorni dopo l'inizio delle vacanze, gli adulti decidono di andare a cena in un ristorante molto vicino al complesso residenziale Ocean Club di cui fa parte il loro appartamento. A soli novanta metri, infatti, poco oltre la piscina, c'è il Tapas Restaurant, un ristorante tipico molto frequentato.

Come le sere precedenti, decidono di mettere a letto i bambini, chiudere la porta a chiave e recarsi al ristorante, pattuendo dei turni di controllo. Ogni mezz'ora, infatti, uno di loro torna nell'appartamento e si assicura che i bambini stiano dormendo.

Alle dieci di sera, Kate McCann si alza dal tavolo. Tocca a lei controllare i bambini. Una volta nell'appartamento, però, si rende conto che c'è qualcosa di strano. La porta della camera dei figli è più aperta del solito e dalla stanza proviene troppa luce. Entrando, realizza che la finestra è spalancata e che la figlia Maddie è sparita.

Subito contatta la polizia e le squadre di ricerca vengono dislocate in tutto il territorio per cercare di rintracciare la bambina, ma di Madeleine non c'è traccia.

Il caso viene ricondotto alle indagini di Rui Pedro e del Wonderland Club. Purtroppo o per fortuna, però, in nessuna delle foto dell'archivio compare la piccola Maddie, anche se in molti stentano a non vedere gli evidenti aspetti che accomunano i due casi.

Sono passati ormai molti anni dalla sparizione di Rui Pedro, ma Afonso Dias viene di nuovo considerato un sospettato perché, con il suo lavoro da camionista, potrebbe viaggiare indisturbato per il Portogallo e far sparire facilmente i bambini.

Il dato più eclatante, sospettati a parte, resta la severa critica mossa alla gestione delle due investigazioni della polizia: durante le ricerche sono stati commessi fin troppi errori ed entrambe non hanno portato a nessun risultato.

I media, invece, si concentrano su un particolare che anche la famiglia Mendonça non manca di sottolineare, ossia l'iniquo investimento di risorse.

Per la scomparsa di Maddie McCann, infatti, le autorità sono intervenute tempestivamente, per non parlare del cospicuo investimento di denaro e tecnologia che non è stato neanche paragonabile a quello del caso di Rui Pedro.

La gente comune, insomma, non digerisce affatto questa disparità e nasce un certo risentimento nei confronti dei McCann, pur essendo anch'essi vittime del rapimento di una figlia.

Le stesse famiglie Mendonça e McCann vedono i loro rapporti mediatici, fatti di sostegno reciproco, incrinarsi a poco a poco.

Filomena manifesta riconoscenza e gratitudine nei confronti degli sforzi della polizia, ma non perde occasione di sottolineare come nessuno di questi sia paragonabile a quelli – scarsi – profusi per rintracciare suo figlio. Dichiara, inoltre, di essere venuta a conoscenza dell'esistenza di un dipartimento forense nel corpo di polizia portoghese solo durante le indagini riguardanti Madeleine.

> «I McCann hanno a disposizione qualsiasi cosa, persino un elicottero, ma non ricordo di averne avuto uno nove anni fa. Io non avevo niente.»

Alla rivista *Carter's* dichiara:

> «Ho gli stessi diritti dei genitori di Madeleine e chiedo lo stesso trattamento per mio figlio. Gli investigatori mi hanno promesso che il caso di Rui Pedro non sarà dimenticato. Lavorano sodo, ma non hanno i mezzi. Il nostro governo non si è ancora reso conto che questo è un problema reale che richiede misure reali, come un cambio di legge e mezzi adeguati per le indagini».

A questo punto, si diffonde immediatamente l'idea che, se lo Stato avesse investito le stesse risorse nel caso di Rui, sarebbe già stato risolto.

2011
Il caso di Rui Pedro viene riaperto e la polizia riesamina le prove e le testimonianze, cercando di trovare qualche nuova traccia e capire cosa sia successo al bambino.

Come prima conseguenza, l'11 febbraio viene pronunciata la condanna per rapimento aggravato ai danni di Afonso Dias.

L'avvocato della famiglia Mendonça Teixeira rilascia una dichiarazione:

> «Questi sforzi avrebbero dovuto essere compiuti durante le indagini iniziali. [...] Nelle quarantotto ore successive alla scomparsa, l'inchiesta non ha seguito i protocolli fondamentali e la conseguenza è stata il trascorrere di settimane, mesi, persino anni senza che venisse intrapresa alcuna azione».

A questo punto, per decidere se proseguire contro Dias, viene convocata un'udienza preliminare presso il tribunale distrettuale di Lousada.

La nuova ricostruzione dei fatti, secondo l'accusa, vede Dias, nel pomeriggio del 4 marzo 1998, condurre con sé Rui Pedro a far visita alle prostitute, prima di portarlo da qualche parte. Viene confermato inoltre l'assenza di un alibi di Dias che riesca a coprire il lasso di tempo che va dalle 14:00 alle 18:45, poiché l'accusato non è stato in grado di fornire alcuna indicazione specifica, se non quella di aver passeggiato in città tutto il pomeriggio.

Le autorità sono dunque convinte che Afonso abbia sempre saputo cos'è successo a Rui, che sia troppo spaventato per confessare.

All'accusa, la difesa prova a controbattere affermando che Rui Pedro non è salito sull'automobile di Dias quel giorno e che i crimini imputati al suo assistito sono privi di supporto fattuale.

L'avvocato di Afonso riesce a mettere in dubbio le testimonianze chiave dell'accusa, inclusa quella del cugino di Rui Pedro e dei suoi tre amici, e nell'arringa finale conclude dichiarando che le loro dichiarazioni erano state fornite in tre diversi intervalli di tempo e perciò risultano false e/o inaffidabili.

Riferendosi alla prostituta Alcina, la difesa spiega che, nella sua testimonianza, aveva travisato le caratteristiche del giovane con cui aveva parlato quel pomeriggio. In quell'occasione, infatti, la donna aveva specificato che gli occhi del presunto rapitore erano azzurri, per poi modificare la sua versione dicendo che erano marrone scuro.

Nonostante l'arringa molto strutturata della difesa di Dias, l'uomo viene formalmente accusato di rapimento e considerato idoneo ad affrontare il processo.

17 novembre 2011
Inizia il processo presso la Corte di Lousada.

Afonso Dias, ora trentaquattrenne, chiede di essere esonerato dal presenziare in aula sostenendo che ciò lo costringerebbe ad assentarsi in maniera prolungata dal lavoro di camionista, mettendolo così in serie difficoltà finanziarie. Chiede anche di essere sottoposto a test psicologici, confessando di avere problemi cognitivi nel "situarsi nello spazio e nel tempo".

Il giudice nega entrambe le richieste.

Durante il processo, per rendere la ricostruzione degli eventi il più fedele possibile a quanto accaduto nove anni prima, i giudici che sovrintendono il caso, diversi testimoni e la famiglia Mendonça decidono di recarsi di persona nei luoghi coinvolti nella sparizione del piccolo Rui, partendo dal campo di calcio vicino all'autoscuola della madre e arrivando fino al bordello dove era stato presumibilmente portato da Dias prima di sparire nel nulla.

Questo, ovviamente, è per Filomena e Manuel l'ennesimo brutto colpo. Rivivere ancora una volta quei momenti e trovarsi di nuovo in quei luoghi non è facile per loro, ma si fanno forza solo per riuscire a scoprire finalmente la verità.

João Andre, il cugino di Rui, viene nuovamente chiamato a testimoniare, questa volta davanti alla corte. Durante il suo intervento gli viene chiesto di fornire maggiori dettagli su quel pomeriggio e sulla strana iniziativa di Afonso di portare entrambi a prostitute, nonostante lui e Rui fossero entrambi minorenni.

Il ragazzo, dal momento della scomparsa del cugino, ha vissuto tormentato dal senso di colpa, consapevole che, se quel pomeriggio si fosse recato al campo, avrebbe potuto fare qualcosa per impedire quanto successo.

Anche Alcina, la prostituta che afferma di aver incontrato Rui quel 4 marzo 1998, durante la sua testimonianza ricorda quel forzato approccio sessuale. E conferma di essere più sicura che mai che il bambino fosse proprio Rui Pedro. Inoltre aggiunge che la macchina che l'ha avvicinata era una Sedan.

Per avvalorare la sua versione dei fatti, Alcina sostiene che la mancata menzione di Afonso Dias nella sua ricostruzione non è una casualità. Spiega che le stesse autorità non si sono mai adoperate prima di quel giorno in aula per permetterle di identificare legalmente l'individuo e che solo adesso ha la possibilità di farlo ufficialmente, in tribunale.

Ma gli avvocati della difesa non ci stanno. Per smontare le dichiarazioni della prostituta chiamano a testimoniare un ex ispettore della polizia giudiziaria, in servizio ai tempi del fatto. L'uomo sostiene che Alcina e Afonso si sono incontrati due giorni dopo l'accaduto e che la macchina in questione non era nera bensì bianca.

Iniziano così a circolare alcune voci che vedono Dias quasi come una vittima, un capro espiatorio utile a concludere le indagini con un colpevole e a mettere fine alle critiche mosse contro le forze dell'ordine.

La verità sembra lontanissima. Una chimera.

2012

Afonso Dias viene dichiarato non colpevole e il verdetto suscita un enorme sgomento nel paese. Le polemiche crescono a tal punto da sfociare in una vera e propria rivolta che mette a rischio l'incolumità dell'imputato, il quale tenta di lasciare il tribunale senza essere linciato.

La salute fisica e mentale di Filomena sono messe ancora una volta a dura prova. La donna si scaglia contro i giudici, asserendo che l'intera gestione del processo è stata compromessa per aver preso in considerazione le testimonianze di agenti che, al tempo dei fatti, non avevano nemmeno partecipato alle indagini.

Il suo avvocato considera inaccettabile il verdetto, soprattutto alla luce della rinnovata sofferenza della famiglia Mendonça.

Manuel, nonostante tutto, decide di non fermarsi fino a quando non riuscirà a scoprire la verità su Rui.

Subito la famiglia si adopera per avviare una campagna in supporto della riapertura del processo e, grazie agli sforzi della comunità, riesce a ottenere un annullamento dell'assoluzione, fissando una nuova udienza per il 2014.

18 marzo 2015
Dias viene dichiarato colpevole, arrestato e portato nel carcere di Guimarães, nel nord del Portogallo.

Tuttavia, per l'ennesima volta, la sentenza non sarà definitiva.

Afonso viene rilasciato per buona condotta dopo due anni, a fronte dei dieci che avrebbe dovuto scontare.

La notizia fa sprofondare Filomena in un esaurimento psicofisico logorante ma, come ormai è abituata a fare, afferma che non smetterà di lottare per arrivare alla verità.

Incredibilmente, ancora una volta il caso viene analizzato dai giudici, secondo i quali Dias ha indotto un minore ad avere un rapporto sessuale con una prostituta e inoltre è stata l'ultima persona ad aver avuto un contatto con Rui prima della sua scomparsa.

Afonso viene dichiarato di nuovo colpevole.

L'avvocato dei Mendonça precisa che, nonostante l'arresto del colpevole, l'obiettivo della famiglia rimarrà sempre quello di mettersi sulle tracce del figlio e capire cosa gli è accaduto.

Oggi Filomena e Manuel continuano a cercare Rui. In occasione del suo trentaduesimo compleanno, la madre gli ha dedicato le seguenti parole:

«Figlio, ti ricordo in un misto di emozioni, gioia e tristezza.

Gioia, perché ti avevo e tu eri parte di me. Tristezza, perché ti hanno preso e non ho avuto l'opportunità di vederti crescere dall'età di undici anni.

In questo giorno, spero che ricorderai quanto mi hai reso felice. Non voglio pensare che non ti rivedrò mai più. Oggi è il tuo compleanno, aspetto il tuo arrivo.

Baci e abbracci.

Mamma.»

5
ELIZABETH SMART, DELLE SETTE SPOSE

Una nuova famiglia

La luna piena illumina il campo desolato e la cima delle montagne all'orizzonte.

La sua luce pallida si riflette anche sul coltello stretto nella mano sinistra dell'uomo che trascina la ragazzina. La tiene per il polso, costringendola a camminare più veloce.

«Lasciami!» grida.

Lui si volta e la fissa con i suoi occhi tranquilli. La bocca, nascosta dalla lunga barba grigia, si tende in un sorriso pacifico.

«E dove vuoi andare?» le chiede.

«Voglio tornare a casa. Lasciami!»

L'uomo ride.

«Casa? Quale casa? È a casa che stiamo andando.»

La ragazzina, allora, grida di nuovo, tentando di divincolarsi.

«Papà! Aiuto, papà!»

L'eco riempie il campo e si perde nel silenzio della notte.

L'uomo lascia cadere il coltello nell'erba secca e le tappa la bocca, guardandola con occhi nuovi, spiritati, la lunga tunica chiara aperta dal vento.

«Non urlare. Non ti permettere mai più di urlare, mi hai capito?»

Gli risponde un mugugno soffocato.

«È papà che vuoi? Il tuo papà? Te lo dico io che fanno i papà. I papà ti fanno salire in macchina, ti fanno vedere dei giornali con gente nuda che si accoppia e ti spiegano tante cose che tu non vuoi neanche sapere. Poi aprono lo sportello e ti lasciano lontano da casa. Ti dicono che sei abbastanza grande da ritrovare da solo la strada. Ma tu invece sei piccolo, troppo piccolo per tutto quanto. E ti senti solo.»

La ragazzina, raggelata, smette di lottare.

«Ma non siamo mai davvero soli, Elizabeth. C'è Dio con noi, sempre. Quello è nostro padre. L'unico vero padre, l'unico che merita il nostro amore. Dio mi ascolta, Dio mi consola, Dio mi dice cosa fare. E tu verrai con me, ti spoglierai di tutti i tuoi peccati e ti libererai di tutte queste persone che dicono di amarti, ma che non ti ameranno mai quanto ti amerà lui, quanto ti amerò io. Io sono Immanuel, Elizabeth, e non sarò tuo padre. Sarò molto di più.» La guarda intensamente, respirandole addosso. Il suo alito sa di alcol. «Hai capito?»

Lei annuisce, con le lacrime agli occhi, mentre la mano si stacca dalla sua bocca.

«Allora andiamo. La pace eterna ci aspetta.»

I due riprendono il cammino, fino a inoltrarsi in un bosco vicino, a qualche chilometro da casa di Elizabeth.

Dalle fronde fitte trapela giusto qualche raggio argentato e l'uomo rallenta il passo. In fondo, vicino a una grande roccia, una luce gialla attira l'attenzione della ragazzina.

«Eccoci» dice Immanuel.

Il fuoco brucia i tronchi al centro di un cerchio di sassi e illumina la tenda di tela bianca, proiettando ombre più nere della notte sulle cortecce che li circondano.

Quando una figura incappucciata viene fuori dal buio e le si avvicina, Elizabeth soffoca un urlo.

«Stai calma, è con noi» le dice Immanuel.

La nuova presenza, avvolta in una tunica candida e così lunga da nasconderle anche i piedi, alza le mani lentamente e scosta il velo che le copre il viso.

«Lei è Hephzibah» continua l'uomo.

La donna dagli occhi azzurri e con i capelli biondi a caschetto le sorride, pacifica.

«Ciao, piccola. Sei Elizabeth, giusto?»

«Ancora per poco» risponde Immanuel.

Hephzibah annuisce, deferente.

«Che volete farmi?» chiede la ragazza.

Il santone si avvicina al fuoco e si scalda i palmi al tepore delle fiamme.

«Adesso sei con noi. Non appena Hephzibah finirà il suo rito, tu non sarai più Elizabeth, ma Ester. E lì, proprio in quella tenda, eleverai il tuo spirito e ti donerai completamente alla volontà del nostro unico Signore Dio, abbandonando per sempre tutto ciò che sei, per diventare moglie del suo profeta.»

Spostata la lunga chioma brizzolata dietro un orecchio, prosegue: «Anche io cambierò. In questa notte diventerò tuo marito e tu rispetterai la mia volontà come rispetti quella dell'Onnipotente. I nostri corpi si uniranno e metteremo in pratica la parola del Signore. Sette piccole spose, come te, formeranno la nostra nuova famiglia e predicheremo i sacri insegnamenti per liberare le anime dei dannati».

Hephzibah china la testa, come in preghiera.

Elizabeth, invece, rompe il silenzio che segue quelle parole folli.

«Mi troveranno» dice.

Immanuel ride, di nuovo.

«Imparerai presto fin dove possono arrivare le mie azioni. Tu sei destinata a me e io sono riuscito a portarti qui dove sei ora. La tua famiglia non ha potuto niente contro di me e mai potrà. Da oggi vivrai con la consapevolezza che la loro sofferenza dipenderà solo da te. Se proverai a scappare, a farti trovare o a richiamare l'attenzione di qualcuno, quel qualcuno morirà. Io muovo il coltello così come Dio muove la mia mano. Con lui, tutto mi è possibile. Prima riuscirai a capirlo e meglio sarà. Nostro Signore ci ha insegnato il sacrificio e io sono un suo umile servo. Se dovessi essere costretto a sacrificare la mia piccola moglie per continuare a fare del bene, non potrò ribellarmi. Hai capito cosa ti sto dicendo?»

Lei non gli risponde.

«Così sia. Ora vieni qua, di fianco a me. Che le fiamme ci illuminino e abbaglino le nostre anime. Hephzibah, procedi.»

La donna tira fuori dalla tunica un piccolo libro dalla copertina in pelle rossa e, quando i due sono davanti a lei, oltre il fuoco scoppiettante, chiude gli occhi e rivolge il viso al cielo stellato, pronunciando parole antiche che sembrano appartenere a un altro mondo e a un altro tempo.

5 giugno 2002
Sono le quattro del mattino a Salt Lake City, nello Utah, Stati Uniti.

In casa Smart, Mary Katherine, una bambina di nove anni, urla, facendo sobbalzare il padre nel letto.

Ed, confuso, cerca di capire cos'è che non va. Secondo la figlia, sua sorella Elizabeth, di quattordici anni, è stata rapita.

Succede spesso che Elizabeth, disturbata dal sonno agitato di Mary Katherine, esca dalla camera e vada a riposare sul divano del salotto. È il primo posto che Ed Smart e sua moglie controllano. Ma il divano, così come il letto della loro figlia maggiore, è vuoto.

Elizabeth Smart sembra essere scomparsa nel nulla.

Mary Katherine sostiene di aver visto un uomo con un coltello entrare nella stanza, dire qualcosa a Elizabeth e trascinarla via. La voce del rapitore le è familiare, confessa, ma non riesce a ricordare a chi appartiene.

Le ricerche dei coniugi Smart continuano per tutta la notte. Prima di chiamare il 911, interpellano parenti e amici, tra cui anche membri della comunità dei mormoni a cui appartengono, alcuni dei quali li raggiungono per prestare loro aiuto e perlustrare i dintorni dell'abitazione.

Quando, alle sette del mattino, arriva la polizia, la scena del rapimento è già fin troppo inquinata per poter raccogliere prove sufficienti a battere una prima pista. Gli unici dettagli che inducono a pensare a un'effrazione sono la zanzariera della finestra della cucina ridotta a brandelli e la porta laterale, che conduce all'esterno, aperta. Ed e Lois chiudono sempre tutte le porte prima di andare a dormire ma, quella sera, hanno deciso di tenere la finestra della cucina aperta per far uscire l'odore delle patate che hanno bruciato per sbaglio.

Gli agenti si concentrano sulla testimonianza della sorella di Elizabeth. Mary Katherine descrive il rapitore come un maschio caucasico alto circa un metro e ottanta, con abiti chiari e un cappello dalla forma piuttosto particolare.

Questo dettaglio richiama subito l'attenzione dei detective, che si convincono che il colpevole debba essere per forza qualcuno di molto vicino alla famiglia, tanto da conoscerne le abitudini e potersi introdurre in casa senza svegliare nessuno.

Prima di procedere con gli interrogatori, gli agenti avviano una rapida ricerca di Elizabeth, che coinvolge migliaia di volontari, squadre cinofile ed elicotteri. Purtroppo le tracce scarseggiano e non resta, quindi, che considerare come sospettati tutti i membri della famiglia e le persone a loro più vicine.

Gli Smart sono una famiglia allargata, perciò, anche una volta esclusi Ed, sua moglie Lois, i suoi fratelli e altri parenti strettissimi, la lista risulta lunghissima.

Secondo gli agenti dell'FBI, il responsabile corrisponde al profilo di un soggetto con disturbi sessuali e con possibili precedenti di violenze e abusi. Questo esclude definitivamente i membri della famiglia Smart e la maggior parte di coloro che fanno parte della comunità religiosa del quartiere.

La polizia stila ed esamina una nuova rosa di sospettati, sempre focalizzandosi su qualcuno che sia a conoscenza della casa e delle abitudini della famiglia e scopre che, nonostante l'abitazione degli Smart sia relativamente nuova, nei sei anni precedenti sono stati fatti molti lavori di manutenzione. Almeno sessanta artigiani, tra appaltatori e tuttofare, hanno frequentato la dimora, impegnati in svariati progetti. Nel momento in cui la lista dei sospettati viene aggiornata, un nome salta immediatamente agli occhi degli agenti. Quello di Richard Ricci.

Ricci, quasi un anno prima del rapimento di Elizabeth, ha trascorso otto mesi lavorando in casa di Ed e Lois Smart.

Il suo nome è familiare agli agenti: è già stato segnalato alle autorità parecchie volte e, oltretutto, tempo prima di iniziare a lavorare per gli Smart, si trovava in libertà vigilata. Era stato condannato l'anno precedente per diversi reati commessi nel decennio passato. Quando Lois e Ed lo hanno assunto non avevano assolutamente idea di chi fosse, al di là del tranquillo e simpatico tuttofare che pareva essere.

Solo quando gli Smart hanno scoperto la mancanza di alcuni oggetti di valore, compreso un braccialetto dal costo di milleseicento dollari, che apparteneva a Lois, sono emersi i primi dubbi.

Ed aveva esitato a chiedere spiegazioni a Ricci ma, una volta esposto il problema, l'uomo aveva negato. Il giorno seguente si era assentato dal lavoro e così tutti quelli successivi.

La polizia inizia a indagare e scopre da subito dei dettagli interessanti. Perquisendo l'abitazione di Ricci, gli agenti trovano sia il braccialetto di Lois sia uno strano cappello da golf beige, che si adatta alla descrizione del copricapo del rapitore fornita dalla sorella di Elizabeth.

Una volta intercettato, Richard Ricci viene portato al distretto di Salt Lake City e sottoposto a un pressante interrogatorio. Si dichiara estraneo alla scomparsa della ragazzina e sostiene di aver passato la notte del 5 giugno a casa con sua moglie.

L'alibi viene confermato dalla donna, ma gli agenti non vogliono rinunciare ai loro sospetti. Ricci, di contro, pur di provare la sua innocenza, chiede di essere sottoposto alla macchina della verità e acconsente a donare campioni di sangue e DNA che lo scagionino.

Una volta ricevuti i campioni, la polizia esegue i test. La scarsità di prove in loro possesso, però, rende inutile qualsiasi analisi. A supportare la tesi dell'innocenza di Ricci si aggiungono le parole dell'unica testimone oculare, Mary Katherine Smart. Mary conferma, infatti, che Ricci non è l'uomo che ha visto entrare nella camera da letto e rapire sua sorella.

Nonostante le prove a suo favore, Richard viene trattenuto in carcere per quattro mesi, durante i quali le autorità continuano a tormentarlo e torturarlo psicologicamente.

Fino alla mattina del 24 luglio.

24 luglio 2002

È mattina quando il telefono dell'ufficio dello sceriffo inizia a squillare. A chiamare la polizia di Salt Lake City è una persona che segnala un altro tentativo di rapimento, sempre ai danni di una giovane donna. E non una a caso.

Si tratta di un membro della famiglia di Elizabeth, sua cugina Jessica, di diciannove anni. È stata svegliata nel cuore della notte dal rumore di una cornice che cadeva a terra dal comodino. Spaventata e in preda al panico, la ragazza non è riuscita a definire chiaramente che cosa stesse accadendo, ma è certa di aver visto un uomo cercare di smontare la zanzariera della sua stanza per fuggire. A quel punto, il padre di Jessica, che era stato svegliato dalle urla della figlia, era intervenuto ma senza riuscire a evitare la fuga del rapitore.

L'accaduto solleva ogni accusa nei confronti di Ricci, tuttavia la polizia è ancora restia ad ammettere di aver preso l'uomo sbagliato. Un errore che gli agenti porteranno a lungo sulla coscienza.

27 agosto 2002

La mattina del 27 agosto, subito dopo essere comparso in tribunale, Richard Ricci viene trovato in fin di vita nella sua cella, all'interno del carcere di Salt Lake City.

L'uomo viene sottoposto a un intervento chirurgico per cercare di attenuare la pressione causata dalla sua emorragia cerebrale, ma ogni tentativo risulterà inutile.

Ricard Ricci trascorre tre giorni in coma, vegliato dalla moglie e dal figliastro, e muore in ospedale il 30 agosto.

Dio ci sta proteggendo

Quello che fanno i miei rapitori fin dall'inizio è provare a portarmi via tutto. Tutto ciò che è importante per me, tutto ciò che è un pilastro portante nella mia vita.
Mi hanno rapita e portata lontana da casa mia.
Mi hanno portato via dalla mia famiglia.
Mi hanno portato via la mia sicurezza, mi hanno portato via i miei amici, la mia scuola. Mi hanno portato via le mie libertà.
Ho solo quattordici anni.
Non ho mai bevuto alcolici in vita mia.
Quando portano l'alcol al campo, mi negano il cibo finché non bevo quello che mi dicono di bere.
Voglio dire, per quanto possa sembrare sciocco, ricordo di aver partecipato al programma di obbedienza, in quinta elementare, e ci avevano fatto

promettere a tutti di non abusare di droghe e di alcol. E ogni volta penso: "Sto infrangendo quella promessa".

So che è una sciocchezza. Chi se ne frega di quella promessa? Ma mi sento come se non potessi mantenere un impegno o una promessa con nessuno o con me stessa e che, se voglio sopravvivere, dovrò essere disposta a lasciare andare ciò che sono stata finora e fare quello che mi chiedono. Altrimenti non potrò farcela.

È sempre un misto di emozioni quando penso al fatto di essere così vicina eppure così lontana. Da un lato voglio solo gridare: «Sono qui! Venite a salvarmi!». Ma, dall'altro, ho a che fare con una paura immensa. Sento che, se dico o faccio qualcosa, sarò responsabile della morte di qualcun altro.

Loro non permetteranno a nessuno di aiutarmi. Mi ucciderebbero prima, o ucciderebbero chiunque tenti di salvarmi, pur di farla franca. Ricordo che ho sentito chiamare il mio nome, mentre i poliziotti erano sulle mie tracce. Immanuel ha udito le loro voci ed è venuto subito a prendermi, tenendomi stretta, con un coltello puntato addosso. Mi ha detto: «Sarà colpa tua se oggi qualcuno entrerà in questo campo e morirà. Perché non solo morirai tu, ma mi vedrai uccidere chiunque metta piede qua dentro».

E aveva il coltello proprio lì, puntato verso di me, lo stesso coltello con cui mi aveva rapita.

So che è capace di fare del male. Lo so benissimo. Quella notte, la prima notte, ho pianto. L'ho implorato e supplicato di non violentarmi, di non farmi spogliare, di non costringermi a fare quelle cose disgustose che non volevo fare. Ma niente, le mie preghiere non l'hanno fatto tentennare neanche per un istante.

Quindi, sì, sono sicura che è capace di fare del male. E so che è capace di qualsiasi cosa pur di proteggere ciò che desidera.

Ogni giorno mi sento ripetere: «Se fai qualcosa che non ci va a genio, ti uccideremo. E non uccideremo solo te, uccideremo te e la tua famiglia».

E so che è possibile, perché sono già entrati in casa mia una volta. Sono venuti a prendermi nel luogo che ritenevo più sicuro e protetto.

Spesso mi porta al campo gli articoli di giornale o i volantini che affiggono le squadre di ricerca. Me li mostra e dice: «Oh, tutta Salt Lake è coperta di nastri blu e palloncini azzurri. E questi volantini sono su ogni albero, ogni cabina telefonica, sulle finestre di ogni casa, di ogni negozio, di ogni drogheria. Sono ovunque, ma nessuno ti troverà mai più, perché io ti ho presa».

Ogni volta si appella alla religione per spaventarmi e alla fine di ogni minaccia ripete: «Dio ci sta proteggendo».

Elizabeth Smart

Una notte, quattro mesi dopo la scomparsa di Elizabeth, Mary Katherine entra inaspettatamente nella camera da letto dei genitori, li sveglia e dice:

«So chi ha preso Elizabeth. È stato Immanuel.»

Il nome di Immanuel è sconosciuto ai genitori, e così agli agenti di polizia. Non è mai saltato fuori finora durante le indagini.

Ma, mentre parla con i genitori, Katherine riporta alla loro mente un incontro avvenuto un giorno di qualche mese prima, in strada, con un predicatore seguito da alcuni bambini che si dirigeva verso il centro di Salt Lake City.

L'uomo in questione sosteneva di aver perso da poco il lavoro e di essere alla ricerca di un'occupazione per sfamare i suoi figli. Data la situazione, gli Smart gli avevano offerto la possibilità di andare a lavorare a casa loro.

Il signore, presentatosi con il nome di Immanuel, aveva iniziato a occuparsi del loro giardino ma, dopo qualche ora di lavoro, aveva abbandonato il nuovo incarico e non si era più fatto vivo.

La polizia procede immediatamente nella realizzazione di un identikit. Tuttavia, nonostante il ritratto molto somigliante, gli agenti restano convinti che il vero colpevole sia Richard Ricci, quindi accantonano la nuova pista e consolidano la loro teoria sul sospettato ormai defunto.

Il dolore di Ed e Lois per la perdita della figlia aumenta e si rinnova a ognuna delle segnalazioni che arrivano quotidianamente. Spesso non sono troppo attendibili e, ogni volta che nella zona di Salt Lake City viene trovato un corpo o un indizio potenzialmente rilevante, gli Smart vengono contattati per un riscontro. I sospiri di sollievo che seguono al mancato riconoscimento di un cadavere confermano che Elizabeth è ancora viva, ma non fanno che logorare esponenzialmente i loro nervi.

Tra piste errate ed errori investigativi, i due coniugi inermi vedono passare otto mesi senza ottenere alcuna spiegazione plausibile su quanto sia accaduto alla loro figlia. Decidono quindi di non attendere nemmeno un altro giorno senza agire e mettono a disposizione dei media l'identikit del famigerato Immanuel. Il giorno stesso, il programma televisivo *America's Most Wanted* trasmette il disegno.

Non passa molto prima che il telefono del dipartimento di polizia di Salt Lake City inizi a squillare senza sosta. Una delle segnalazioni arriva da una donna di nome Lisa, che alle forze dell'ordine afferma che l'uomo del ritratto trasmesso in televisione somiglia senza ombra di dubbio a suo fratello Brian.

A questo punto, la polizia decide di indagare sul passato di Brian David Mitchell per verificare i suoi precedenti e scopre che l'uomo era già stato arrestato. La sua foto, allegata ai documenti, è la replica esatta dell'identikit di Immanuel.

Brian David Mitchell, nato il 18 ottobre 1953 a Salt Lake City, è il terzo di sei figli di una famiglia mormone.

La madre era un'insegnante, mentre il padre era un assistente sociale.

Secondo quanto riportato, Brian non ha avuto un'infanzia semplice, caratterizzata da un turbolento rapporto con il padre che, nonostante la professione, sembra avergli causato non pochi traumi.

Un giorno, per esempio, mentre erano in auto nella periferia di Salt Lake City, l'uomo lo aveva fatto scendere dalla macchina, sostenendo che il figlio fosse abbastanza grande e intelligente da riuscire a trovare da solo la strada di casa. Questo avveniva subito dopo avergli mostrato una serie di immagini sessuali, recuperate da una pubblicazione medica.

L'infanzia di Brian non è stata affatto serena, come è facile immaginare, e, da ragazzino, ha scontato un periodo in un carcere minorile a seguito delle accuse di violenza che una ragazza di sedici anni ha mosso contro di lui.

Una volta libero, a soli diciannove anni Brian si è sposato con Karen Minor, una donna di tre anni più giovane di lui, con la quale ha avuto due figli.

La relazione non è durata molto e, poco dopo, i due hanno firmato il divorzio, in seguito al quale Brian ha perso la custodia dei figli. Su tutte le furie, ha deciso di rapirli e fuggire con loro nel New Hampshire.

Lì ha trascorso due anni, durante i quali si è avvicinato a una comune Hare Krishna.

Scavando nel passato di Mitchell, la polizia scopre la

sua lunga storia di abusi di droghe e alcol, protrattasi fino all'età adulta. Pare che l'unica figura positiva nella sua vita sia stato il fratello, che ha cercato inutilmente di indirizzarlo verso una comunità di recupero.

Tempo dopo la sua fuga, Brian ha conosciuto Debbie, la sua seconda moglie. Anche lei ha un matrimonio fallito alle spalle, dal quale sono nati tre figli.

Anche questo matrimonio è durato poco. Infatti, nel 1984, dopo le denunce di lei per gli abusi di Brian nei confronti dei suoi figli, i due hanno divorziato.

Debbie ha raccontato alle autorità di come l'uomo avesse molestato sessualmente il suo bambino di soli tre anni e stuprato la sorella per quattro anni di fila.

Durante la sua attività nella Chiesa di Gesù Cristo dei Santi degli Ultimi Giorni ha conosciuto Wanda, una donna disturbata di quarant'anni, anche lei divorziata e con sei figli a seguito. Uno di loro ha raccontato di come sua madre o "il mostro", così la chiamava, un giorno gli avesse cucinato per cena il loro coniglio domestico.

Brian e Wanda diventano subito complici nella loro follia e, di comune accordo, decidono di lasciare la Chiesa e acquisire rispettivamente i nomi fittizi di Immanuel ed Hephzibah.

Secondo quanto stilato dai profiler al lavoro sul caso, Brian crede fermamente nella sua fede ed è convinto di essere un profeta in grado di vedere Dio. Spinto da queste convinzioni, ha deciso anche di abbandonare i normali vestiti e di indossare una tunica bianca e farsi crescere una lunga barba.

Grazie a queste informazioni, raccolte anche sulla base della testimonianza di Debbie, la seconda moglie di Brian, la polizia si mette subito alla ricerca della coppia di folli criminali.

Autunno 2002

Tornando di poco indietro nel tempo, non mancano gli avvistamenti della "famiglia" Mitchell nella zona di Salt Lake City. Vengono identificati persino a una festa, dove sono ritratti in parecchie fotografie scattate durante la serata.

Wanda ed Elizabeth indossano entrambe abiti bianchi. I lineamenti delle donne, a eccezione degli occhi e di parte della fronte, sono coperti da veli e copricapi.

Immanuel, vestito nello stesso modo, appare invece con un cappello bianco simile a una cuffia.

Jason Savelsberg, uno dei partecipanti all'evento, affermerà quanto segue:

«Alla festa si presentarono più di cento persone. Tuttavia, Elizabeth, Wanda e Immanuel avevano attirato l'attenzione di tutti.
Avevamo già visto Immanuel in giro. Chiunque abbia vissuto a Salt Lake City abbastanza a lungo lo conosce e lo ha notato aggirarsi per la città. Ma quelle feste erano sempre piuttosto aperte, quindi probabilmente aveva sentito parlare dell'evento, si era incuriosito e aveva deciso di fare un salto».

I tre arrivano verso mezzanotte e subito catturano l'attenzione di tutti.

Wanda ed Elizabeth sono visibilmente infastidite dalle donne che cercano di fare conversazione. Alcune, infatti, si avvicinano a loro chiedendo se hanno bisogno di aiuto, ma il massimo che riescono a ottenere è un vago borbottio.

Immanuel, nel frattempo, cerca di predicare la sua folle versione della parola di Dio e beve sempre di più, diventando molto aggressivo.

Inizia a urlare epiteti e a scagliarsi contro i presenti dicendo: «Sei dannato» o «Devi cercare il pentimento e la redenzione».

A quel punto, molti dei partecipanti perdono la pazienza e costringono lo strano trio a lasciare l'evento. La "famiglia" sparisce nella notte, in direzione di Lakeside, in California, dove Brian decide di stabilirsi.

Prima che riescano a scappare, però, avviene qualcosa di cruciale: il primo contatto della polizia con i Mitchell e, soprattutto, con la povera Elizabeth Smart, dopo nove lunghi mesi.

Sei Elizabeth Smart?

Elizabeth vede il detective aprire la porta della biblioteca e, subito, il suo cuore smette di battere.

L'uomo in divisa si avvicina a passi lenti al loro tavolo pieno di cartine geografiche, circondato dalla luce pallida di quel pomeriggio d'autunno.

Gli occhi vispi della ragazza, anche se visibili solo dalla fessura del velo, scattano immediatamente su Wanda, seduta accanto a lei, e su Immanuel, chino sulle mappe e con le spalle rivolte all'entrata.

Il detective lo sorprende, da dietro.

«Salve» li saluta, le mani sul cinturone.

Immanuel si gira, lentamente, sfoderando il suo miglior sorriso.

«Buona giornata a lei, detective.»

L'uomo di legge lo fissa senza emozioni, scrutandolo, come nel tentativo di trovare qualcosa di familiare nel suo volto incorniciato dalla barba e dai capelli sporchi e disordinati.

«Posso aiutarla?» chiede Immanuel dopo qualche attimo di silenzio.

Il detective, allora, sposta lo sguardo prima sulle cartine che coprono il tavolo, una sopra l'altra, e poi lo inchioda in quello di Elizabeth. Poggiati entrambi i palmi sul legno, si sporge in avanti.

«Sei Elizabeth Smart?» le chiede, senza preamboli.

Immanuel si schiarisce la voce.

«C'è qualche problema, detective?»

L'altro gira la testa nella sua direzione. Non dice nulla, si limita solo a fargli capire nuovamente il suo disgusto.

Ancora, si rivolge a Elizabeth.

«Sei Elizabeth Smart?»

Brian Mitchell inizia a perdere la pazienza.

«No, il suo nome è Augustine Marshall. E si dà il caso che sia mia figlia. Non può parlare con lei, deve rivolgersi a me. È così che funziona.»

Il detective si fa serio.

«È così che funziona... *cosa*?»

«La nostra religione. Siamo in un paese libero, se non sbaglio, e noi, in quanto cittadini americani, siamo liberi di professare il credo che vogliamo. È corretto?»

L'altro annuisce lentamente.

«Bene. Allora, per rispetto, lo stesso rispetto che io porto alla sua divisa e alle sue regole, lei deve adeguarsi alle nostre.»

Wanda segue tutta la conversazione, le mani nascoste sotto il tavolo.

«Sono qui per parlare con sua figlia.»

«Non credo sia possibile» risponde Immanuel.

Il detective, sempre con gesti lenti, si gratta il mento senza barba.

«Può togliersi il velo che le copre il viso, allora?» chiede.

«Certo che no.»

«Perché?»

Immanuel sta per ribattere qualcosa, ma l'altro lo precede.

«La vostra religione, certo.»

Il suo sguardo torna su Elizabeth. Gli sembra spaventata.

«Senta,» continua «facciamo che io oggi sono della sua religione. Che inizio a credere nel... in tutta la roba in cui credete anche voi. È possibile?»

«Dio è sempre disposto ad allargare il suo gregge. E io, in quanto suo profeta, ho proprio il compito di salvare nuove anime. Ne sarei felicissimo.»

«Sì, certo. Come vuole. Ma ora che, diciamo, ho detto che credo in queste cose... posso vedere il volto di sua figlia?»

Il finto sorriso di Immanuel si spegne in un broncio di delusione.

«Secondo le nostre regole, solo il suo futuro marito potrà vedere il suo viso e godere della sua bellezza, detective. Ha forse intenzione di sposare mia figlia?»

L'uomo sospira, stufo della conversazione. Torna a poggiare le mani sul tavolo.

«Ascolta,» fa di nuovo rivolto a Elizabeth «questo qua è davvero tuo padre?»

La ragazza stringe le labbra. Cerca in tutti i modi di non lasciar trapelare nessuna parola, neanche un soffio che il poliziotto possa interpretare come richiesta di aiuto. È tentata, certo, ma le minacce di Immanuel rimbombano nella sua testa e la mano di Wanda, nascosta sotto il tavolo, le serra la coscia in una morsa di ferro.

«Lei sta offendendo me e tutta la mia comunità. Questo è abuso di potere!» esplode Immanuel, attirando l'attenzione dei pochi presenti.

Il detective non lo ascolta.

«Se sei Elizabeth Smart, sappi che è tutto a posto. La tua famiglia ti sta cercando. Noi ti stiamo cercando. Se mi dici di essere Elizabeth, chiamo i miei colleghi e ti tiriamo fuori da questo guaio. Sappiamo quello che ti sta succedendo ed è terribile. Basta una tua parola e tutto può finire in questo momento. Ma, senza il tuo aiuto, non posso fare molto. Perciò... te lo chiedo un'ultima volta. Sei Elizabeth Smart?»

Wanda e Immanuel ascoltano senza intervenire. Si limitano a fissare la ragazza e ad aspettare la sua reazione. Che, però, non arriva.

Vedendola immobile, con gli occhi abbassati, il detective drizza la schiena e rimette le mani sul cinturone.

«Ha visto? Mia figlia ha il cuore puro e sa benissimo come non uscire dalla grazia di nostro Signore Dio.

Ora, per favore, si allontani, o sarò costretto ad agire di conseguenza.»

Il poliziotto fa un passo avanti, verso il predicatore. I loro nasi si sfiorano. I due si scrutano, seri, senza indietreggiare neanche di un millimetro, come in un duello tra pistoleri del Far West.

«Penso che la nostra conversazione sia finita, detective.»

L'uomo di legge, allora, alza il mento, indispettito. Fa un passo indietro e lancia un'ultima occhiata a Elizabeth. Si guarda attorno e nota che tutti hanno assistito alla scena.

«Per adesso...» dice infine a Immanuel. «Per adesso.»

Facendo stridere gli stivali sulle mattonelle lisce della biblioteca, volta le spalle alla strana famiglia vestita di veli bianchi e, prima di uscire, porta la mano al ricevitore appuntato sul petto.

Ma nessuno dei presenti, prima di vederlo perdersi nella confusione della strada, riesce a sentire cosa dice.

Dopo la diffusione dell'identikit, la famiglia Smart e la polizia organizzano altre escursioni in gruppo per cercare Elizabeth.

Gli agenti ricevono una chiamata da parte del responsabile della biblioteca pubblica, che sostiene di aver visto tre persone del tutto simili alle descrizioni che circolano sui media. A un tavolo, a consultare delle mappe, ci sono un uomo, una donna e una ragazzina vestiti di bianco, con veli che coprono il viso delle due e una strana cuffia che raccoglie i capelli del capofamiglia.

Un detective si reca subito sul posto e parla direttamente con la ragazzina per capire se è Elizabeth. Lei, però, resta immobile. Il "profeta", inoltre, replica che la sua religione impedisce alla ragazza (di cui sostiene essere il padre) di parlare con gli sconosciuti e di scoprirsi il viso.

L'agente, quindi, è costretto ad andarsene.

Settembre 2002

Per non correre più rischi del genere, Immanuel ed Hephzibah decidono di trasferirsi da Salt Lake City alla contea di San Diego, in California, una decisione che offre a Elizabeth ancora meno speranze di farsi trovare e di conseguenza meno chance alla polizia di risolvere il caso.

Si stabiliscono a Lakeside, accampandosi vicino al letto di un torrente. Nelle settimane successive continuano a spostarsi di contea in contea, per destare meno sospetti possibile.

Brian Mitchell abbandona le due donne per sei lunghi giorni e, una volta tornato, comunica loro di voler trasferirsi ancora più lontano.

Seppur confusa e sconvolta, Elizabeth gioca d'astuzia e riesce a convincere Immanuel a tornare nello Utah, approfittando delle sue debolezze e utilizzando come scusa la presenza di campeggi solo femminili sugli altopiani di Salt Lake. Arriva addirittura a sostenere che

Dio le ha parlato e ordinato di lasciare la California per fare marcia indietro.

Immanuel resta vittima della sua stessa trappola, architettata questa volta da Elizabeth, che sente scorrere in lei la voglia di essere trovata e di tornare a casa, dalla sua famiglia.

Nonostante la frustrazione e i numerosi buchi nell'acqua, la famiglia Smart non ha perso occasione di manifestare a gran voce la propria insoddisfazione per lo svolgimento delle indagini e per la loro pessima gestione da parte delle autorità.

Cory Lyman, investigatore capo, in un'intervista si scuserà per l'andamento lento e lacunoso del caso Smart.

Ma, davanti a situazioni irrisolvibili, a volte è proprio il destino a tirare i fili giusti.

12 marzo 2003

La "famiglia" Mitchell raggiunge Sandy, nello Utah e il piano di Elizabeth sembra funzionare.

Non appena arrivano in città, diverse persone li riconoscono e chiamano il 911, sostenendo di aver avvistato Brian David Mitchell in un Walmart.

Le autorità mettono in campo un ingente dispiegamento di forze per circondare il negozio e arrestare il ricercato.

Varcate di nuovo le porte automatiche, Immanuel viene avvicinato dai poliziotti che gli chiedono di esibire i documenti. Brian risponde di aver rinunciato a tutti i suoi beni materiali per servire Dio come suo ambasciatore e aggiunge, perciò, di non avere nessun tipo di documento con sé. Garantisce di chiamarsi Peter Marshall e di essere in compagnia di sua moglie e di sua figlia. Tuttavia, anche se la ragazzina indossa una parrucca e un paio di occhiali da sole, la polizia la identifica subito come Elizabeth Smart.

Si ripete così la stessa scena avvenuta in biblioteca. Questa volta gli agenti capiscono che il terrore di Elizabeth dipende proprio dalla presenza di Brian e decidono di prenderla in disparte per parlarle.

Di nuovo le viene chiesto: «Sei Elizabeth Smart?», e lei arriva addirittura a negare. Quando gli agenti le mostrano il volantino con la sua fotografia, ancora una volta lei nega la sua identità.

Le forze dell'ordine intuiscono che la ragazzina teme che qualcosa nell'imboscata vada storto e che, una volta tornata dai suoi persecutori, questi la facciano fuori senza pietà.

Per evitare di riavvicinare Elizabeth a Mitchell e a Wanda, gli agenti la ammanettano e la caricano su un'auto della polizia, diretta al distretto. Qui le comunicano che è la sua ultima possibilità di dire la verità e mettere fine a quell'incubo.

Con loro sorpresa, dopo un lungo silenzio, Elizabeth raccoglie tutto il suo coraggio e dichiara:

«Sì, sono io. Sono Elizabeth».

Nella stanza degli interrogatori trova suo padre Ed.

Dopo tanto tempo, i due possono finalmente riabbracciarsi e porre fine a questa lunga e straziante disavventura.

Brian Mitchell e Wanda Barzee vengono arrestati e il 18 marzo vengono accusati di violenza sessuale, furto aggravato e rapimento.

17 novembre 2009 / maggio 2011
Wanda è condannata a quindici anni di carcere. Mitchell, invece, viene dichiarato colpevole e condannato all'ergastolo in una prigione federale.

Settembre 2018
In seguito a un'analisi legale approfondita del tempo trascorso nel carcere federale, Wanda viene rilasciata in libertà vigilata.

Rimarrà sotto controllo fino al settembre 2022 con l'obbligo di non avvicinarsi alle zone frequentate dalla famiglia Smart.

In questi lunghi anni, Elizabeth Smart è diventata una moglie, una madre di tre bambini, un'oratrice e un'autrice che condivide la sua storia di sopravvivenza grazie alla Elizabeth Smart Foundation, la cui missione è diffondere consapevolezza e prevenire che ad altri innocenti debba toccare il suo stesso destino.

«La mia vita adesso è fantastica. Certo, non è perfetta. È un bel casino, la maggior parte delle volte. Anche la mia famiglia non è perfetta, ma sono felice perché, pur con tutte le imperfezioni e i problemi, sono circondata dalle persone che amo più di ogni altra cosa. E so che loro amano me.»

6

DANILO RESTIVO.
PER UN PUGNO DI CAPELLI

Innocente, a tutti i costi

«Che ne dice del lino?»
Heather, seduta al tavolo del salotto, si volta verso l'uomo, che è rimasto in piedi a fissare la stanza.
«Non... non lo so» risponde.
La donna si alza e recupera un rotolo di lino poggiato sul divano, sotto la finestra.
«Ecco, tipo questo» fa, porgendoglielo.
Il tipo sembra svegliarsi da un sogno a occhi aperti e inizia a passarsi il rullo fra le mani. Non lo tasta, quasi non lo guarda nemmeno. Heather, in risposta, mette le mani sui fianchi e inclina la testa.
«Signor Restivo, le ho fatto vedere il lino, la tela, il cotone e addirittura il velluto. Capisco che non si intende di tende, ma...»
«Sono per mia moglie.»
«Lo so. E io posso anche stare qui a mostrarle tutto il

tessuto che ho in casa, però non posso decidere al posto suo. Lei mi dice come le vuole e io le faccio, questo è il mio lavoro.»

Restivo resta impalato, come un bambino che ascolta un rimprovero.

«Mi scusi, non voglio essere scortese, ma di solito i miei clienti hanno già un'idea prima di venire qui. Se vuole può parlare ancora con sua moglie, cercare di capire com'è che le vuole, queste tende. Altrimenti mette da parte l'effetto sorpresa e la manda qui da me. Alla fine abitate a due passi e... senza offesa, noi donne sappiamo sempre quello che vogliamo.»

Restivo la guarda negli occhi, dietro le lenti da vista.

«Il lino va bene» dice.

«Ne è sicuro? Non lo dica solo per...»

«Sicuro.»

«Bene. Lino sia.»

Heather si fa restituire il rotolo e appunta l'ordine sul portatile.

«Che mi dice invece del colore?» chiede poi.

L'uomo è di nuovo impalato, le mani nelle tasche dei pantaloni.

«Non ne ha idea, vero?»

Sorride, imbarazzato.

«Ascolti, io tra poco devo uscire, ho del materiale da comprare. Restiamo così, quando torna a casa, faccia caso al colore dominante del salotto, okay? Poi torna qui, me lo dice e io mi procuro tutto il necessario. Vedrà che sua moglie apprezzerà, promesso.»

Restivo annuisce.

«La ringrazio.»

«Nessun problema.»

Heather appunta di nuovo qualcosa sul portatile e, alle sue spalle, percepisce ancora la presenza del suo vicino di casa. Si sente osservata. Per tutto il tempo che è stato lì, lui non ha fatto altro che fissarla, seguirla di stanza in stanza, senza dire quasi una parola. Le ha chiesto solo di usare il bagno, a un certo punto, mentre lei tirava via dall'armadio della camera da letto scatole di tessuti e campioni di colore. Poi più niente.

E adesso è ancora lì, dietro di lei, a fare lunghi e pesanti respiri.

«Serve altro?» gli chiede.

«Oh, no. Nient'altro. Siamo a posto.»

«Perfetto.»

«Grazie ancora.»

Lei gli porge la mano e lui d'istinto pulisce la sua sulla camicia, senza riuscire ad asciugare del tutto il sudore che la imperla.

«Ora, se non le dispiace...»

«Certo, certo. Tolgo il disturbo.»

«A presto, allora. Aspetto notizie sul colore.»

«Non mancherò.»

Lo accompagna all'uscita, standogli dietro. L'uomo fa passi lenti, distratti, e continua imperterrito a guardarsi attorno.

Poi i due vicini si scambiano un saluto sorridente e lei chiude finalmente la porta. Sospira, con le spalle contro al legno. Si sente esausta. Senza rendersene conto, dopo qualche secondo inizia a fissare le pareti di casa sua, cercando di immedesimarsi in occhi nuovi, estranei, per cercare di capire cos'è che ci trovi lui in quella normalissima abitazione.

Mentre lo fa, l'occhio le cade sull'appendichiavi in ferro, a forma di casetta. Sotto la scritta "HOME", le chiavi della macchina, del garage e quelle di casa ciondolano ancora alla corrente creata dalla porta che si è chiusa.

Ciondolano tutte, tranne quelle di riserva, la copia d'emergenza che una volta l'ha salvata, quando Terry e Cathleen si sono chiusi dentro per errore.

Non ciondolano, quelle.

Non ciondolano, perché non ci sono più.

12 novembre 2002

Nella tranquilla cittadina di Bournemouth, in Inghilterra, Terry e Cathleen tornano da scuola e, sorpresi, non trovano la madre ad accoglierli.

Heather Barnett, quarantotto anni, lavora come sarta da casa e, di solito, alle 16:30 è sempre lì ad aspettarli.

Il ragazzino e la sorella, lui di quattordici e lei di undici anni, la cercano ovunque. Guardano in salotto, in cucina e in camera da letto, ma della madre non c'è neanche l'ombra.

L'ultima stanza rimasta da controllare è il bagno. La porta è chiusa e i due hanno paura ad aprirla. In loro si fa strada una forte inquietudine, una paura irrazionale che suggerisce un terribile presentimento.

Si fanno forza, alla fine, e la aprono.

Heather Barnett è riversa sul pavimento, senza vita, stesa in una pozza di sangue.

Terry e Cathleen, in preda al panico e a una forte crisi di pianto, decidono di catapultarsi fuori dall'abitazione e chiamare i soccorsi. Nell'attesa, il panico dei due ragazzini mette in allerta i loro vicini, una coppia di italiani che li raggiunge subito. Vedendo i due sotto shock, li ospitano in casa e decidono di aspettare le forze dell'ordine insieme, così da farsi raccontare cos'hanno visto e provare a tranquillizzarli.

Al loro arrivo, le autorità stabiliscono che l'aggressione di Heather Barnett non è avvenuta nel bagno, ma in un'altra stanza, ovvero lo studio in cui la donna lavorava.

Heather ha lottato contro il suo aggressore che, dopo averla uccisa con un forte colpo alla testa e averle spaccato il cranio, l'ha trascinata in bagno e l'ha seviziata tagliuzzandola con un coltello, asportandole entrambi i seni e piazzandoli dietro la sua testa.

Un altro dettaglio macabro e curioso viene subito notato dai detective: la donna stringe in mano una ciocca dei suoi stessi capelli. Una ciocca tagliata e infilata nella mano, quand'era già morta. Nell'altra, invece, c'è un ciuffo di capelli che però non le appartiene.

Non ci sono dubbi: Heather è stata uccisa.

I detective iniziano ad analizzare ogni angolo della casa alla ricerca di indizi. Trovano subito delle impronte insanguinate, talmente chiare da rivelare l'esatto modello di Nike che il killer indossava mentre uccideva Heather.

Inoltre, nel bagno rinvengono un asciugamano verde che non appartiene alla famiglia. Con molta probabilità l'assassino l'ha portato con sé, l'ha usato per pulirsi e poi l'ha lasciato lì. Evidentemente, la polizia ha a che fare o con un killer incredibilmente stupido o con un omicida presuntuoso e troppo sicuro del suo operato.

A parte alcune fibre appartenenti ai guanti indossati dal colpevole, non vengono trovate impronte digitali. Ma il fatto che la donna sia stata uccisa intorno alle 9 del mattino, ossia poco dopo l'orario in cui i suoi figli solitamente escono di casa, lascia intuire che l'assassino sia qualcuno che conosce la vittima e le sue abitudini. Un vicino di casa, per esempio.

Le autorità decidono, quindi, di interrogare tutte le persone che vivono nel quartiere, partendo ovviamente dai Restivo, la coppia di italiani che si è presa cura dei figli di Heather subito dopo la scoperta del cadavere.

In casa c'è solo il marito, Danilo Restivo, un uomo di trentanove anni che vive in Inghilterra con la moglie da poco meno di un anno. Restivo dice alle autorità di non aver notato niente di strano la mattina dell'omicidio, anche perché lui, a quell'ora, non era in casa, ma si trovava a un corso di informatica che sta seguendo per trovare lavoro. Come prova, mostra un biglietto dell'autobus con data e ora della corsa.

L'alibi di Danilo Restivo è sufficientemente solido.

I detective, però, continuano a interrogarlo per accumulare quante più informazioni possibili su Heather e sul vicinato. Restivo, senza dilungarsi troppo, racconta di essere molto dispiaciuto per la morte della vicina, anche se la conosceva superficialmente e solo per lavoro.

L'uomo infatti ha commissionato a Heather delle tende, che avrebbe voluto regalare alla moglie. Dichiara, perciò, di essere stato a casa della vittima la settimana precedente, giusto un paio di volte, per parlare della realizzazione e di nient'altro.

Terminate le domande, uno dei detective chiede di usare il bagno e, nella vasca di Restivo, nota un paio di scarpe da ginnastica Nike immerse nella candeggina.

Il dettaglio insospettisce molto i poliziotti, che decidono di sequestrare le scarpe e di confrontarle con l'impronta rinvenuta a casa Barnett.

Le scarpe e l'impronta, però, non combaciano.

Le indagini continuano e gli agenti controllano il computer e il cellulare di Heather per raccogliere indizi. Nel pc non c'è niente di particolarmente rilevante, a parte un'email sospetta.

La vittima, giorni prima, ha contattato la sorella per lamentarsi di un cliente. A quanto pare, questo si è presentato a casa per commissionarle delle tende ma, quando è andato via, Heather si è accorta che la copia di scorta delle chiavi di casa era sparita.

Era abbastanza certa, da come ha scritto, che fosse stato proprio il cliente a rubarle. Questo, ovviamente, l'ha spaventata e il giorno stesso ha fatto cambiare le serrature per non correre rischi. Ma quell'accortezza non è stata sufficiente a salvarle la vita.

Incrociando i dati, il nome del cliente si scopre quasi subito. Si tratta proprio di Danilo Restivo.

Le autorità contattano immediatamente la sorella di Heather per ottenere quante più informazioni possibile su quello strano cliente. La donna, scavando nella memoria, dichiara di aver sentito la sorella lamentarsi di Restivo perché, sì, le ha commissionato le tende, ma non sembrava avere idea di ciò che desiderava, il che è abbastanza strano, se ci si rivolge a una sarta per realizzare qualcosa ex novo.

I detective, raccolta la testimonianza, ipotizzano che le tende siano state solo una scusa inventata da Restivo per passare più tempo con la vittima e studiarla. Ma la verità è che non hanno nessuna prova a suo carico e non possono puntare sul sospetto furto di chiavi perché, oltre all'email di Heather, non c'è alcun indizio concreto che possa dimostrarlo.

Decidono, quindi, di inserire il nome di Danilo Restivo nel database della polizia internazionale per capire se l'uomo ha precedenti.

E ciò che scoprono è sconvolgente.

12 settembre 1993

Elisa Claps è una ragazzina di sedici anni che vive a Potenza, in Basilicata. È la più giovane di tre figli e frequenta il liceo classico. Tutti la considerano una ragazza gentile, altruista e sorridente, molto amata dagli amici. Ma c'è una persona in particolare a cui Elisa piace molto: un ragazzo di ventuno anni di nome Danilo Restivo.

Danilo, originario della Sicilia, vive a Potenza insieme ai genitori. La sua famiglia è molto conosciuta e rispettata in città. Suo padre, infatti, è il direttore della Biblioteca nazionale e ha tante conoscenze importanti. L'uomo, come la moglie, è fortemente religioso e ha diverse conoscenze nel clero. Ha uno stretto rapporto anche con don Mimì Sabia, parroco della chiesa della Santissima Trinità in centro a Potenza.

Danilo, al contrario di Elisa, è un ragazzo parecchio timido e introverso. Non ha mai avuto molti amici ed è considerato un tipo un po' strano, dati i suoi atteggiamenti bizzarri, non ultimo il vizio di salutare con un "arrivederci" quando entra in una stanza gremita di gente.

L'unica a trattarlo sempre con gentilezza è proprio Elisa Claps. I due non sono amici stretti, data la differenza di età, ma Danilo ha una cotta per lei e trova ogni scusa per avvicinarsi e parlarle, anche in modo piuttosto ossessivo. Questo atteggiamento insospettisce sin da subito Gildo, il fratello della ragazzina.

Nel settembre del 1993, Restivo chiede per l'ennesima volta a Elisa di uscire insieme ma, prima che lei possa rifiutare, lui la interrompe e le dice che non è come pensa. Le confessa, infatti, di non essere più interessato a lei, ma alla sua migliore amica, e che il vero motivo dell'uscita è quello di chiederle un consiglio per conquistarla.

La ragazza, sollevata dal fatto che Danilo abbia spostato la sua attenzione altrove, accetta di incontrarlo. Si danno appuntamento alla chiesa della Santissima Trinità, il 12 settembre.

Quel giorno Elisa esce di casa con la sua amica e insieme si dirigono all'appuntamento con Restivo. Le due ragazze, però, durante il tragitto si dividono. Così, Elisa Claps entra da sola in chiesa insieme a Danilo, per non uscirne mai più.

Quella sera, la ragazza non fa ritorno a casa.

Gildo, a conoscenza dell'appuntamento, si precipita da Restivo per chiedergli notizie di Elisa. Danilo, agitato, gli risponde di averla incontrata in chiesa, ma solo per qualche minuto, e di averla poi salutata mentre lui si tratteneva lì per continuare a pregare.

La famiglia di Elisa denuncia immediatamente la scomparsa della ragazza ed espone i suoi sospetti verso Danilo Restivo, informando dettagliatamente le autorità del suo corteggiamento assillante. Ma quel giorno, quando i Claps e gli inquirenti si recano alla chiesa della Santissima Trinità, l'ultimo posto in cui Elisa è stata vista viva, la trovano chiusa. Don Mimì Sabia, l'unico a possederne le chiavi, ha deciso infatti di allontanarsi per qualche giorno, rendendo impossibile l'accesso al pubblico e alla polizia.

Contemporaneamente anche Danilo Restivo decide

di allontanarsi da Potenza, per sostenere il test di un concorso.

Giorni dopo, gli agenti riescono comunque a interrogarlo e si ritrovano davanti un ragazzo in lacrime e pieno di sensi di colpa. A detta sua, quel 12 settembre, in chiesa, Elisa gli ha confessato di essere stata importunata da un uomo lungo il tragitto e lui si accusa di averla lasciata al suo destino per non averla riaccompagnata a casa.

I poliziotti non credono alle sue parole e inoltre notano che Danilo ha un taglio sulla mano. Questo dettaglio permette loro di scoprire che Restivo, il giorno della scomparsa di Elisa, si è presentato al pronto soccorso con i vestiti zuppi di sangue e un taglio su una mano, provocato da una lama. In ospedale ha dichiarato di esserselo procurato nel cantiere delle scale mobili, proprio vicino alla chiesa della Santissima Trinità.

Negli anni quello di Elisa diventerà il caso di cronaca più seguito in Italia, tuttavia le indagini procedono a rilento e in modo confuso.

Dal diario della ragazzina è stata strappata una pagina, mai ritrovata, i vestiti insanguinati di Restivo non sono mai stati sequestrati e analizzati e il pubblico ministero incaricato del caso, Felicia Genovese, finisce nel mezzo di una misteriosa inchiesta.

L'inchiesta si chiama "Toghe lucane" e mette sotto la lente la condotta dei magistrati della Basilicata,

in ordine a una ipotesi di manipolazione di alcuni procedimenti giudiziari a favore di un comitato politico affaristico locale, rinsaldato da legami di tipo massonico, di cui sarebbero garantiti e favoriti gli interessi, anche a costo di "aggiustare" i processi. È il caso della costruzione del villaggio turistico Marinagri di Policoro, intorno alla quale ruota l'attenzione della "cupola" di cui si ipotizzava l'esistenza. In particolare, Genovese e suo marito Cannizzaro, affiliato alla Massoneria, sono sospettati di: «condizionare procedimenti penali in cui risultavano interessati avvocati a loro vicini, condizionare la polizia giudiziaria impegnata in indagini delicate e complesse e di garantire l'esito di procedimenti penali di loro interesse e delle persone di cui erano garanti (in particolare quelli nel settore della sanità, come il processo Panio)».

(FanPage)

L'inchiesta sulla cupola massonica si incrocia, quindi, con quella del caso Claps quando si tratta di verificare la condotta del pm Genovese riguardo alla gestione delle indagini. Quest'ultima, vista anche l'influenza politica e sociale del padre di Restivo, subito dopo i riscontri, passa direttamente alla procura di Salerno e riparte da zero.

Il nuovo pm è Rosa Volpe, che si trova a dover riprendere in mano tutte le prove della precedente investigazione, scoprendo che di pratico non è stato fatto quasi nulla: non solo nessuno ha analizzato i vestiti insanguinati di Restivo, ma nessuno ha mai perquisito la sua abitazione né tantomeno la chiesa, né si è mai curato di sottoporre il ragazzo a una perizia psichiatrica.

Ogni aspetto del caso Claps appare strano e avvolto nel mistero di un'interessata negligenza, così come risulta inquietante il suicidio dell'agente Anna Esposito, che sta indagando sulla sparizione di Elisa.

> Proprio sul caso Claps stava indagando Anna Esposito, dirigente della Digos, trovata morta nella sua casa potentina, il 12 marzo 2001.
> La poliziotta viene trovata impiccata con una cintura di cuoio fissata sulla maniglia di una porta dell'appartamento, a un metro e tre centimetri di altezza. L'autopsia evidenzia traumi e fratture, ciononostante il caso, dopo una breve indagine che vide indagato il compagno della vittima, il giornalista Rai Luigi Di Lauro, viene archiviato.
> Non viene approfondito il fatto che alcuni colleghi della donna si siano precipitati nell'appartamento prima dell'arrivo del giudice inquinando la scena, né viene giustificata la scomparsa di alcuni fogli dall'agenda della Esposito.
> Alcuni giorni dopo avrebbe dovuto incontrare Gildo Claps, per aggiornarlo su alcune novità.
>
> (FanPage)

Anche anni dopo, i misteri continuano.

> Negli anni a venire altri tre testimoni del caso muoiono in circostanze misteriose: sono il vicebrigadiere dei carabinieri Pierluigi Tramutola, di Potenza, in servizio nella stazione di Verzino (Catanzaro), Massimiliano Carlucci, di Potenza [...] e, infine, Andrea Romaniello, geometra consulente dei Restivo, che si era visto rifiutare da don Mimì la richiesta di un sopralluogo nel sottotetto della chiesa.
> Muoiono in tre misteriosi incidenti stradali avvenuti, rispettivamente, nel 1993, nel 1996 e nel 2004.
>
> (FanPage)

A Potenza non si parla d'altro.

Tutti accusano Restivo e lo considerano un mostro, al punto che l'uomo tenterà di depistare le indagini pur di mettere a tacere le maldicenze.

Qualcuno vicino alla famiglia Claps riceve un'email singolare, dove si dice che in realtà Elisa è viva, si è trasferita in Brasile e non vuole essere cercata. Nello stesso periodo, sul sito popolodellarete.com compare un post intitolato «Aiutiamo Restivo», che spiega come il ragazzo sia l'innocente vittima di un complotto.

Successivamente, si scoprirà che dietro a entrambe le dichiarazioni c'è proprio Danilo Restivo, sotto falso nome.

Per proteggerlo, il padre lo manda a lavorare a Roma

e poi a Rimini. Ma, in entrambe le città, continua a mettersi nei guai, tra denunce di stalking e altre malefatte, sempre gestite e insabbiate dal genitore che, a quanto pare, è solito nascondere gli "errori" di Danilo.

Lo aveva fatto nel 1986, quando un Danilo quattordicenne era stato denunciato per aver ferito con un coltello un ragazzino.
Lo aveva attirato in un container del seminario insieme alla cugina, lo aveva bendato e poi, dopo aver calzato un guanto da cucina, gli aveva tagliato il collo con un trincetto. La ragazzina aveva avuto la prontezza di spingerlo a terra e trascinare via il cugino. La ferita fu medicata con alcuni punti. Seguì un processo, poi archiviato per intervenuta amnistia mentre Maurizio Restivo si premurava di far firmare al padre del ragazzo un documento che attestava il versamento della somma di un milione di lire a titolo di risarcimento, da parte della famiglia Restivo.
Lo protegge, papà Maurizio, anche quando viene denunciato per stalking. È il 1992. Le sue vittime in quegli anni sono alcune studentesse universitarie che abitano davanti alla casa dei Restivo in viale Marconi, a Potenza. Alcune sono amiche della sorella Anna, a cui Danilo ha rubato i numeri di telefono. Le chiama decine e decine di volte, invia loro delle lettere, alcune sconce, altre romantiche, tutte inquietanti. A una di loro manda un carillon

che suona il brano *Per Elisa*. Il processo si conclude con un patteggiamento. In casa Restivo viene installato un contascatti al telefono.

(FanPage)

Per sfuggire a quel clima, che rende la sua vita impossibile, Restivo decide quindi di trasferirsi all'estero, dove nessuno sa chi è.

Conosce su internet una donna italiana di quindici anni più grande di lui, Fiamma Marsango, che vive a Bournemouth, in Inghilterra. Iniziano una relazione a distanza, finché Danilo non decide di andare da lei e sposarla.

I due, lo stesso anno, si trasferiscono proprio davanti a casa di Heather Barnett, la donna che nel 2002 viene brutalmente uccisa da un crudele assassino.

Dopo tutti quegli anni, Danilo Restivo è di nuovo nel mirino della polizia.

Nodi al pettine

La volante viaggia sulla strada diretta al parco.
«Quindi, cos'è che ha fatto?»
«Niente.»
«E perché stiamo andando lì?»
«Quelli in borghese hanno notato un atteggiamento sospetto. Se andiamo noi con le divise e una buona scusa, magari lo agitiamo e viene fuori qualcosa.»
«Quindi qualcosa ha fatto, di sospetto.»
«Sì.»
«E cosa, cazzo? Me lo dici?»
«Niente, non ha fatto un bel niente.»
L'agente sul sedile del passeggero incrocia le braccia, bofonchiando un'offesa diretta al collega che stringe il volante.
«L'hanno seguito fino al parco naturalistico. Lui ha parcheggiato, è sceso ed è andato dritto tra le

piante. È rimasto lì impalato sotto gli alberi senza fare assolutamente niente. Una statua di cera. Con tanto di cappotto e guanti, tra l'altro.»

«A maggio?»

«Eh, sì. Ti sembra sospetto, adesso?»

Quello con le braccia conserte si gratta il mento.

«Certo che questo è proprio strano» dice.

«Lo sai che ha combinato in Italia, sì?»

«Non dico quello. Quello è strano, anche se non sono mai riusciti a incastrarlo. Voglio dire che è proprio... non lo so, mi mette i brividi. Ha sempre la risposta pronta, sembra così tranquillo. Di solito quelli tranquilli non fanno cazzate tipo andare imbacuccati al parco naturalistico e mettersi a fissare l'erba. Mi è proprio difficile pensare che sia stato lui. Come, in certi momenti, non ho nessun dubbio che sia lui al cento per cento. Capisci che cosa voglio dire?»

Quello al volante annuisce.

«A un certo punto è passata una ragazza, al parco. Lui le è andato dietro, nascondendosi qua e là tra i cespugli. Così mi hanno detto quelli in borghese.»

«Be', questo è già qualcosa.»

«Sì, ma poi ha smesso.»

«E perché?»

«E chi lo sa. Quello non ci sta con la testa.»

L'altro agente si rimette dritto sul sedile e abbassa la voce.

«Hai... hai sentito la storia dei capelli?»

«Quella dei ciuffi trovati in mano alla Barnett?»

«Sì. Pare che... voglio dire, se è davvero lui... insomma, abbia questa cosa per i capelli, forse.»

«Un feticismo?»

«Così dicono i profiler.»

«È tutto un casino.»

«Eccome se lo è. E noi ci stiamo andando incontro.»

La volante si ferma accanto all'auto di Restivo.

L'uomo, ancora con cappotto e guanti, è a pochi metri. Raggiunge il suo veicolo con passi lenti, pesanti, e l'andatura non cambia quando vede i due agenti aprire gli sportelli.

«Salve,» gli fa uno dei due «può darci una mano?»

Restivo, che ormai li ha raggiunti, annuisce.

«Stiamo pattugliando la zona. C'è stata una rapina, poco distante da qui. Potrebbe aver coinvolto anche la zona del parco. È da lì che viene lei, vero?»

«Sì, vengo dal parco. Cos'è successo?»

L'agente poggiato sullo sportello del passeggero si toglie il cappello.

«Niente di che, una rapina. Non possiamo dare molti dettagli. Il ladro dovrebbe essere scappato a piedi in questa zona e stiamo cercando di capire dove può essere andato. Ha visto niente di strano mentre... a proposito, lei cosa ci fa qui?»

Restivo tira fuori le chiavi dalla tasca del cappotto e inizia a togliersi i guanti, sfilandoli dalle dita.

«Io? Raccoglievo insetti.»

«Che insetti?»

«Per la mia iguana. Mangiano solo insetti vivi. Li preferiscono. Sa, va tenuto allenato il loro istinto da predatore.»

«Ed è venuto a cercarli qui?»

«È un parco naturalistico. È pieno di insetti. Specialmente... nei cespugli.»

Sul suo viso si allarga un sorriso sinistro.

Il poliziotto giocherella con il cappello e sussurra al collega: «Questo brutto figlio di puttana...»

L'altro, allora, sorride a sua volta.

«Le dispiace se diamo un'occhiata alla sua macchina? Niente di particolare, solo un controllo. Siamo qui per raccogliere indizi e abbiamo l'obbligo di fermare chiunque vediamo. Diamo solo un'occhiata, poi continuiamo col nostro giro.»

Restivo tace, poi risponde: «Certo, nessun problema».

Apre il bagagliaio.

Le teste dei due agenti fanno capolino nel vano.

Questa volta, quello senza cappello non riesce a trattenersi.

«Porca merda!» gli scappa, mentre il collega resta pietrificato.

2002

La polizia inglese viene a conoscenza del pregresso di Restivo e presta particolare attenzione ai dettagli del caso di Elisa Claps.

I detective sono sempre più convinti che l'uomo sia il colpevole dell'omicidio di Heather Barnett, ma continuano a non avere prove contro di lui né tantomeno qualcosa che possa smontare il suo alibi.

Decidono, così, di presentarsi al corso di informatica frequentato da Danilo, per effettuare una verifica. L'insegnante mostra loro il registro delle presenze in cui gli alunni scrivono il nome e l'orario di arrivo.

Nella casellina in cui Restivo ha scritto l'ora, proprio il giorno dell'omicidio c'è un'anomalia: ha riportato un orario, ma poi l'ha corretto, cancellando il precedente e scrivendo: 9:00.

Le forze dell'ordine capiscono che Restivo ha corretto l'orario per procurarsi l'alibi e far risultare di essere arrivato lì alle 9 del mattino. Di conseguenza, anche il biglietto dell'autobus perde il valore di prova, dato che l'uomo potrebbe tranquillamente averlo comprato, obliterato ed essere poi sceso dal mezzo senza aver proseguito la corsa.

La speranza di catturare l'assassino si riaccende.

Restivo viene messo sotto sorveglianza, ventiquattro ore su ventiquattro.

All'inizio tutto sembra fastidiosamente normale.

Spazientiti, un giorno i poliziotti lo attirano fuori dalla sua abitazione con la scusa di doverlo interrogare di nuovo e approfittano della sua assenza per piazzare cimici in tutta la casa e mettere sotto controllo il telefono e la macchina.

I media non sono ancora a conoscenza della connessione tra Restivo, Heather Barnett ed Elisa Claps, ma le autorità decidono di mettere in atto una strategia.

Comunicano le loro supposizioni e i loro sospetti a giornali e televisioni, così da aspettare una reazione del sospettato e intercettarlo con i video e le registrazioni di cui ora possono disporre.

Ma il passo falso in cui sperano non arriva e l'attenzione mediatica non sconvolge in nessun modo Danilo.

Solo qualche giorno dopo il suo atteggiamento si fa ambiguo. Il 12 maggio, due agenti in borghese lo seguono al parco naturalistico, tra la vegetazione e la boscaglia. Qui il sospettato, vestito in cappotto e guanti nonostante la temperatura primaverile, resta immobile a guardarsi attorno, senza fare nulla.

A un certo punto, sul posto arriva una donna che porta a spasso il cane. Ed è dopo il suo avvistamento che il sospettato inizia a muoversi.

La segue da lontano e, di tanto in tanto, si nasconde dietro un cespuglio. All'improvviso, però, lascia perdere l'inseguimento e si riavvicina alla sua macchina, senza un motivo apparente.

Gli agenti in borghese, per non uscire allo scoperto, contattano due colleghi in divisa e dicono loro di avvicinarsi con la volante a Restivo e, con una scusa, di perquisire la sua automobile.

I poliziotti intercettano Danilo e, spiegando di trovarsi nei paraggi a causa di un furto verificatosi in quella zona, riescono a farsi aprire il bagagliaio.

Senza mostrare il benché minimo accenno di agitazione, Restivo dichiara di essere lì per cercare insetti da dare in pasto alla sua iguana. Dopo aver fornito per l'ennesima volta una valida spiegazione ai suoi atteggiamenti loschi e una ragione plausibile dietro il suo continuo chinarsi sui cespugli, lascia che la sua automobile venga ispezionata, senza preoccuparsi.

A preoccuparsi, infatti, sono gli agenti.

All'interno del bagagliaio trovano una busta con dentro un coltello di quaranta centimetri, due paia di forbici, dei guanti, un passamontagna e diversi fazzoletti di carta.

Hanno davanti il perfetto kit di un serial killer.

Purtroppo, però, non possono arrestarlo, poiché in quel momento Danilo Restivo non sta commettendo nessun reato.

Pochi giorni dopo, le cimici che la polizia ha posizionato in casa di Restivo trasmettono una conversazione privata con la moglie che permette di confermare la teoria dei profiler, secondo cui Danilo ha un feticcio molto specifico, quello per i capelli femminili.

Heather Barnett è stata trovata con due ciocche di capelli in mano e a quel punto delle indagini la registrazione risulta essere l'unica prova che collega Restivo all'omicidio. Eppure, passano anni senza che la polizia riesca a incastrarlo.

2008
Ben sei anni dopo la morte violenta di Heather, il caso passa nelle mani di un nuovo detective che, data la presenza di alcune prove che non sono mai state analizzate

come, appunto, la ciocca di capelli di dubbia provenienza trovata nella mano della vittima, decide di ricominciare le indagini da capo.

Si comincia a sospettare che la seconda ciocca, quella non appartenente alla Barnett, possa essere di Elisa Claps.

I detective, al lavoro sulla nuova pista, contattano i familiari di Elisa e chiedono loro di inviare dei campioni di DNA per confrontarli.

L'esame ha esito negativo, ma si ritiene plausibile che quella ciocca appartenga a un'eventuale altra vittima di Restivo, presumibilmente già morta da tempo.

Si procede con una nuova analisi anche sulle Nike. Questa volta viene utilizzato il luminol per trovare tracce di sangue che, infatti, vengono rinvenute nella soletta interna.

Restivo, stando alle ipotesi degli agenti, doveva essersi cambiato le calzature dopo il delitto e forse doveva aver poggiato i piedi sul sangue prima di indossare l'altro paio di Nike. Ma, purtroppo, la candeggina rende le tracce impossibili da analizzare.

Sull'asciugamano verde trovato sulla scena del crimine, invece, grazie alle nuove tecnologie, viene trovato il DNA di Restivo. Persino questa volta, però, l'uomo ha una buona scusa: dichiara ai detective di aver portato personalmente quell'asciugamano a casa della Barnett, ma solo per farle capire di che punto di verde voleva fossero le tende che le aveva commissionato.

Di nuovo, riesce a farla franca.

17 marzo 2010

A otto anni dalla morte di Heather Barnett e diciassette da quella di Elisa Claps, muore don Mimì, il parroco della chiesa della Santissima Trinità di Potenza, nella quale era stata vista per l'ultima volta Elisa.

La chiesa passa nelle mani di don Wagno, il quale, il 17 marzo 2010, fa una chiamata alle autorità.

Degli operai che erano al lavoro nel sottotetto della canonica per riparare una perdita trovano un corpo mummificato che stringe ancora nelle mani due ciocche di capelli. È il cadavere di Elisa Claps.

> **Dopo diciassette anni, Elisa esce finalmente dalla chiesa della Santissima Trinità, confermando quello che tutti avevano sempre sospettato, ovvero che l'anziano sacerdote custodisse in soffitta il corpo della ragazza uccisa da Restivo. È stata accoltellata tredici volte, ma i medici non sono in grado di stabilire se abbia subito violenza sessuale; lo stato dei suoi resti non permetterà mai di saperlo. Quel giorno di diciotto anni prima, Elisa era stata spinta in soffitta da Danilo Restivo, che tentò di violentarla, strappandole i vestiti, e la uccise.**
>
> **(FanPage)**

Per la prima volta, emerge un modus operandi, ed è proprio questo a collegare i due casi e a incastrare definitivamente Danilo Restivo.

Sia Elisa che Heather sono state ritrovate con ciocche di capelli nelle mani, i pantaloni abbassati e una grave ferita alla testa.

Il ritrovamento del cadavere conferma anche che don Mimì, per tutto il tempo, era stato a conoscenza della presenza del corpo nel sottotetto della chiesa.

Quando Restivo viene accusato di entrambi gli omicidi e la notizia diventa di dominio pubblico, molte ragazze raccontano alle autorità la loro esperienza con l'omicida. In passato lui le aveva perseguitate, chiamandole nel cuore della notte e facendo loro ascoltare, all'altro capo del telefono, la musica inquietante di *Profondo Rosso*.

Danilo si dichiara innocente.

Il processo dura otto settimane e lui, in aula, non tradisce nessuna emozione.

30 giugno / 8 novembre 2011
Restivo viene condannato all'ergastolo per l'omicidio di Heather. Presso il tribunale di Salerno si celebra con rito abbreviato il processo a suo carico per la morte di Elisa Claps. Essendo ormai caduti in prescrizione i reati più gravi, viene chiesta la condanna a trent'anni di carcere.

Viene chiamato a testimoniare anche il vescovo di Potenza, Agostino Superbo, che nega di essere mai stato a conoscenza delle circostanze trattate.

11 novembre 2011 / 2014

L'11 novembre 2011 Restivo viene condannato a trent'anni di carcere, all'interdizione perpetua dai pubblici uffici e alla libertà vigilata per tre anni a fine pena, oltre che al versamento di settecentomila euro alla famiglia Claps a titolo di risarcimento.

Il processo di appello, iniziato a Salerno il 20 marzo 2013 e svoltosi in presenza di Restivo (che dall'11 marzo viene estradato temporaneamente in Italia), si conclude il 24 aprile con la conferma della condanna di trent'anni e dello sconto della pena dell'ergastolo in Inghilterra.

Il 23 ottobre 2014, la Corte di Cassazione conferma in via definitiva la condanna a trent'anni inflitta nei precedenti gradi di giudizio.

«L'unico prete in grado di sapere non ha potuto fare tutto da solo. È arrivato il momento di pulirsi la coscienza» commenta la sentenza mamma Filomena Iemma, che in vent'anni aveva fatto di tutto per sapere cosa fosse successo alla figlia, persino affidarsi alla medium Natuzza Evolo.
Viene avviata un'inchiesta bis all'interno della quale sono processate per falsa testimonianza le due addette alle pulizie della chiesa della Santissima Trinità, sospettate di essere a conoscenza della presenza del corpo di Elisa nel gennaio 2010, insieme a don Wagno.

(FanPage)

Le addette alle pulizie e il sacerdote.

Alle due donne addette alla pulizia della chiesa, i pm contestano di aver mentito, negando di essersi recate nel febbraio 2010, un mese prima del ritrovamento del cadavere di Elisa Claps, nel sottotetto della chiesa, dove, secondo l'accusa, videro il corpo di una ragazza e informarono il viceparroco don Oliveira E. Silva Wagno.

Quest'ultimo e le due donne si recarono insieme nel sottotetto, dove effettivamente il sacerdote constatò la presenza del cranio e del corpo di una ragazza. La successiva segnalazione al vescovo rimase senza seguito: «Al telefono io capii ucraino e non cranio» ha sempre detto monsignor Agostino Superbo.

Il racconto di don Wagno riguardo al primo avvistamento del cadavere è stato ritenuto credibile e, ai ripetuti dinieghi delle due donne sul fatto di essersi recate nel sottotetto della chiesa, è seguita l'inchiesta per false dichiarazioni.

(la Repubblica)

Dopo ventisette anni, la famiglia di Elisa attende ancora di sapere chi ha insabbiato l'omicidio di una studentessa e perché.

Allo stesso tempo, si sospetta che Restivo abbia ucciso molte più donne. L'idea diffusa è che sia un vero e proprio serial killer.

Una delle vittime potrebbe essere stata la giovane Jong Ok Shin, detta Oki.

Nel 2002, Oki viveva in Inghilterra ed era una studentessa.

Una sera, mentre stava tornando da sola verso casa, era stata pugnalata in mezzo alla strada e aveva urlato così forte da spaventare il suo aggressore, costringendolo alla fuga.

Oki era morta qualche ora dopo il suo arrivo in ospedale. Prima di morire, però, era riuscita a dire che l'uomo che l'aveva pugnalata indossava un passamontagna, probabilmente quello ritrovato nell'auto di Restivo dai due agenti in divisa.

L'aggressione era avvenuta nei pressi della casa di Restivo, ma questo non è il solo motivo che fa pensare a un suo coinvolgimento. Pare, infatti, che a terra, vicino a dove si è consumata l'aggressione, fosse stata ritrovata una ciocca di capelli.

Oltretutto, sembra che Restivo abbia sempre scelto un giorno specifico per uccidere, ovvero il 12 del mese. Elisa Claps è stata uccisa il 12 settembre, Heather Barnett il 12 novembre e Jong Ok Shin il 12 luglio.

Persino quando era stato pedinato al parco naturalistico, mentre tentava di seguire una donna senza essere visto, il calendario segnava il 12 maggio.

Per l'omicidio di Oki è stato arrestato un altro uomo, Omar Benguit, un tossicodipendente incastrato dalla testimonianza (piena di errori e lacune) rilasciata dalla sua fidanzata. Molti, ancora oggi, sono convinti che sia stata tutta una messa in scena per incastrare Benguit e che il vero responsabile sia Danilo Restivo.

Ma, nel rigido e cavilloso meccanismo della legge, la verità rimane spesso solo una delle tante supposizioni.

Indice

1. Yoo Young-Chul.
   Il killer dall'impermeabile giallo — 5
2. Skóra.
   Il misterioso caso di Katarzyna Zowada — 33
3. Dov'è la famiglia McStay? — 57
4. Rui Pedro.
   Il bambino scomparso — 93
5. Elizabeth Smart, delle sette spose — 123
6. Danilo Restivo.
   Per un pugno di capelli — 155

Pubblicato per

da Mondadori Libri S.p.A.
© 2022 Mondadori Libri S.p.A., Milano

ISBN 978-88-918-3701-1
Prima edizione: novembre 2022
Terza edizione: novembre 2022

Questo volume è stato stampato presso
Elcograf S.p.A., stabilimento di Cles (Trento)

Stampato in Italia – Printed in Italy